ESTE DIÁRIO PERTENCE A:

Nikki J. Maxwell

PARTICULAR E CONFIDENCIAL

Se encontrá-lo perdido, por favor devolva para MIM em troca de uma RECOMPENSA!

(PROIBIDO BISBILHOTAR!!!☹)

TAMBÉM DE Rachel Renée Russell

Diário de uma garota nada popular:
histórias de uma vida nem um pouco fabulosa

Diário de uma garota nada popular 2:
histórias de uma baladeira nem um pouco glamourosa

Diário de uma garota nada popular 3:
histórias de uma pop star nem um pouco talentosa

Diário de uma garota nada popular 3,5:
como escrever um diário nada popular

Diário de uma garota nada popular 4:
histórias de uma patinadora nem um pouco graciosa

Diário de uma garota nada popular 5:
histórias de uma sabichona nem um pouco esperta

Diário de uma garota nada popular 6:
histórias de uma destruidora de corações nem um pouco feliz

Diário de uma garota nada popular 6,5: tudo sobre mim!

Rachel Renée Russell

DIÁRIO
de uma garota nada popular

Histórias de uma estrela de TV nem um **POUCO** famosa

Com Nikki Russell e Erin Russell

Tradução
Carolina Caires Coelho

10ª edição
Rio de Janeiro-RJ/São Paulo-SP, 2024

VERUS
EDITORA

TÍTULO ORIGINAL: Dork Diaries: Tales from a Not-So-Glam TV Star
EDITORA: Raïssa Castro
COORDENADORA EDITORIAL: Ana Paula Gomes
COPIDESQUE: Anna Carolina G. de Souza
REVISÃO: Ana Paula Gomes
DIAGRAMAÇÃO: André S. Tavares da Silva
CAPA, PROJETO GRÁFICO E ILUSTRAÇÕES: Lisa Vega e Karin Paprocki

Copyright © Rachel Reneé Russell, 2014
Tradução © Verus Editora, 2015
ISBN 978-85-7686-399-1
Todos os direitos reservados, no Brasil, por Verus Editora.
Nenhuma parte desta obra pode ser reproduzida ou transmitida por qualquer forma e/ou quaisquer meios (eletrônico ou mecânico, incluindo fotocópia e gravação) ou arquivada em qualquer sistema ou banco de dados sem permissão escrita da editora.

VERUS EDITORA LTDA. Rua Argentina, 171, São Cristóvão, Rio de Janeiro/RJ, 20921-380, www.veruseditora.com.br

CIP-BRASIL. CATALOGAÇÃO NA FONTE
SINDICATO NACIONAL DOS EDITORES DE LIVROS, RJ

R925d
Russell, Rachel Reneé
   Diário de uma garota nada popular: histórias de uma estrela de TV nem um pouco famosa / Rachel Reneé Russell ; ilustração Lisa Vega , Karin Paprocki ; tradução Carolina Caires Coelho. - 10. ed. - Rio de Janeiro, RJ : Verus, 2024.
   il. ; 21 cm

   Tradução de: Dork Diaries: Tales from a Not-So-Glam TV Star
   ISBN 978-85-7686-399-1

   1. Ficção infantojuvenil americana. I. Vega, Lisa. II. Paprocki, Karin. III. Coelho, Carolina Caires. IV. Título.

14-18227
CDD: 028.5
CDU: 087.5

Revisado conforme o novo acordo ortográfico
IMPRESSÃO E ACABAMENTO: Santa Marta

Para minhas adoráveis sobrinhas,
Sydney, Cori, Presli, Mikayla e Arianna

AGRADECIMENTOS

Ao terminar o *Diário de uma garota nada popular 7*, eu AINDA tenho que me beliscar para ter certeza de que não estou sonhando! Escrever cada novo livro da série tem sido cada vez MAIS divertido e empolgante. Gostaria de agradecer às seguintes pessoas:

Meus fãs nada populares do mundo todo, que amam a Nikki Maxwell tanto quanto eu! Continuem legais, espertos e NADA POPULARES!

Liesa Abrams Mignogna, minha INCRÍVEL editora, que no último ano conseguiu, sabe-se lá como, editar três livros da série e ser mãe de seu Bat Baby! Eu SEMPRE soube que você tinha superpoderes!!

Daniel Lazar, meu MARAVILHOSO agente e amigo, que (ainda!!!) responde aos meus e-mails às duas da manhã. Obrigada pelo apoio, dedicação e disposição para me deixar ser estranhamente criativa.

Torie Doherty-Munro, pelo eterno entusiasmo e por nos manter SUPERorganizados; e Deena Warner, pelo ótimo trabalho no site da série.

Karin Paprocki, minha BRILHANTE diretora de arte, que me surpreendeu com seu trabalho rápido e PERFEITO no volume 7! Eu amo a capa GLAMOUROSA deste volume!

Katherine Devendorf, Mara Anastas, Carolyn Swerdloff, Matt Pantoliano, Paul Crichton, Fiona Simpson, Bethany Buck, Hayley Gonnason, Anna McKean, Alyson Heller, Lauren Forte, Jeannie Ng, Brenna Franzitta, Lucille Rettino, Mary Marotta e toda a equipe de vendas, assim como todos da Aladdin/Simon & Schuster. A equipe NADA POPULAR arrebenta!!

Maja Nikolic, Cecilia de la Campa e Angharad Kowal, minhas agentes de direitos internacionais na Writers House, por tornar o mundo nada popular, de país em país.

Minhas filhas, Erin e Nikki, por inspirarem esta série, e minha irmã, Kim, por ser a eterna otimista! Obrigada por me ajudarem a dar vida ao mundo de Nikki Maxwell e por sua paixão infinita por todas as coisas nada populares!

E por último, mas não menos importante, toda a minha família! Obrigada pelo amor e pelo apoio inabaláveis. AMO vocês!

Lembre-se sempre de deixar seu lado NADA POPULAR brilhar!

SÁBADO, 1º DE MARÇO

Ai, MEU DEUS! Eu AINDA não consigo acreditar no que aconteceu comigo ontem!! TRÊS coisas totalmente-incríveis-completamente-inacreditáveis--boas-demais-para-ser-verdade-empolgantes-e--maravilhosas!!

Coisa totalmente-incrível-completamente--inacreditável-boa-demais-para-ser-verdade--empolgante-e-maravilhosa nº 1:
EU FUI AO BAILE DO AMOR ☺!! ÊÊÊÊÊ!

É! As garotas convidavam os garotos! E, no último minuto, eu FINALMENTE tive coragem de convidar meu paquera, o Brandon!

Coisa totalmente-incrível-completamente--inacreditável-boa-demais-para-ser-verdade--empolgante-e-maravilhosa nº 2:
FUI COROADA PRINCESA DO AMOR ☺!! ÊÊÊÊÊ!!

Eu ainda não sei exatamente como ISSO aconteceu. Mas aconteceu! E eu tenho até minha COROA para provar!!

EU, AINDA USANDO A COROA DESLUMBRANTE QUE GANHEI ONTEM À NOITE!

E, finalmente, a coisa mais INCRÍVEL de todas!
^^^^^^^^^
ÉÉÉÉÉÉÉÉÉ!!!

Coisa totalmente-incrível-completamente-inacreditável-boa-demais-para-ser-verdade-empolgante-e-maravilhosa nº 3:
DURANTE A ÚLTIMA DANÇA DA MAIS PERFEITA E ROMÂNTICA NOITE DE CONTO DE FADAS, O BRANDON E EU...

Ei! Espera um pouco! Isso é o meu celular tocando?!! SIM! Meu telefone ESTÁ tocando!!! Ei! Talvez seja...

O BRANDON!! ☺!!!

(Conferindo meu identificador de chamadas...)

NÃO! NÃO é o Brandon que está ligando.

ESPERA! AI, MEU DEUS! Não posso acreditar que é...

3

Ele é só O produtor de TV mais famoso do MUNDO inteiro! E o apresentador do meu programa de TV FAVORITO, um show de talentos/reality show chamado...

^^^^^
ÉÉÉÉÉ ☺!!

Preciso atender meu celular!

Estou de folga do colégio esta semana toda. Então terei muito tempo para terminar de escrever isto...

MAIS TARDE!!! ☺!

DOMINGO, 2 DE MARÇO

Ai, MEU DEUS! A noite de sábado foi um completo PESADELO!! Se foi muito ruim? TANTO que começo a suar frio e a ter lembranças traumáticas só de escrever sobre isso.

AAAAAHHHHH! Essa sou eu gritando!! Foi mal!! Preciso. Parar. De. Gritar! Bom...

Eu mal posso acreditar na MA-LU-QUI-CE em que me meti DESSA vez!

Será que diários são permitidos na PRISÃO? Porque é exatamente para onde eu estava indo. SÉRIO! As autoridades estavam prestes a me prender ☹! Mas a garotinha aqui não ia se entregar assim sem lutar!

E lutar significa tentar descobrir se eu poderia escapar por uma janela, engatinhar sobre um parapeito de quinze centímetros, me segurar em uma grade com a ponta dos dedos e então saltar cinco andares... sem ME ESPATIFAR no estacionamento!!

Humm....?!

Provavelmente... NÃO ☹!!

Mas as coisas ficam ainda piores! As minhas melhores amigas, a Chloe e a Zoey, também iam ser presas. E era tudo culpa MINHA!

Eu fui uma pessoa tão HORROROSA! Eu mereceria TOTALMENTE se elas me excluíssem do Facebook! Se ao menos eu NÃO as TIVESSE enfiado nessa CONFUSÃO!

Eu estava simplesmente cuidando das minhas coisas e escrevendo no meu diário quando recebi aquele telefonema na manhã de sábado...

"Oi, Nikki! Ótimas notícias! Estou na cidade hoje com o meu novo grupo, o BAD BOYZ! Eu adoraria encontrar você para conversarmos sobre a gravação da música 'Os tontos comandam!'. O único problema é que logo vamos partir em uma turnê mundial. Então só posso encontrar você HOJE À NOITE. Do contrário, vai levar uns sete meses até eu ter um espaço na agenda. Podemos combinar no show da Bad Boyz hoje à noite?"

"AI, MEU DEUS! Sr. Chase? Sim, eu adoraria! Mas os ingressos para esse show esgotaram há meses, em, tipo, dez minutos. Minhas duas melhores amigas passaram a noite na fila e MESMO ASSIM não conseguiram comprar."

"Não tem problema! Eu vou te dar três ingressos com acesso ao camarim, assim você pode levar dois outros membros da sua banda. Passe para apanhá-los no guichê de ingressos reservados, está bem?"

Foi quando eu APAGUEI completamente! Bom, na verdade, QUASE apaguei completamente.

"Ingressos com acesso ao camarim? Isso é INCRÍVEL! Obrigada, sr. Chase! A gente se vê À NOITE!"

Eu NÃO podia acreditar que isso estava acontecendo! Minha banda, Na Verdade, Ainda Não Sei, poderia conseguir um contrato de gravação! Desliguei o celular e imediatamente telefonei para a Chloe e para a Zoey, para ver se elas queriam ir ao show.

Elas responderam com uma palavra: "ÉÉÉÉÉ!" ☺!!

Nós concordamos que seria a coisa MAIS divertida que faríamos juntas desde, hum... ontem!

9

Quando chegamos ao local do show, esperamos na fila com MILHARES de fãs empolgados. Mas você NUNCA vai adivinhar quem encontramos enquanto estávamos seguindo para o guichê de ingressos...

A MACKENZIE ☹!!!

E é claro que ela também ficou surpresa ao NOS ver!

"AI, MEU DEUS! O que essas fracassadas estão fazendo aqui?", ela perguntou, torcendo com nojo o nariz como se fôssemos... um monte desprezível de... vermes... acometidos por um quadro terminal de.... diarreia ou alguma coisa assim.

"A gente veio ver o show! O que mais poderíamos ter vindo fazer?", respondi, como se não desse a mínima.

"Bom, divirtam-se lá em cima, na seção barata, de onde não dá pra ver nada. Eu consegui comprar CADEIRAS NA PRIMEIRA FILA! Se os Bad Boyz descerem, eu falo que vocês disseram oi. SÓ QUE NÃO!!", a MacKenzie provocou.

Então ela balançou beeeem devagar os ingressos debaixo do nosso nariz, como se fossem cupcakes com cobertura extra recém-saídos do forno ou alguma coisa assim.

Mas eu só fiquei olhando dentro daqueles olhinhos brilhantes.

"Que bom, amiga! Espero que você se divirta na primeira fila, porque NÓS vamos ao CAMARIM!!", falei.

Então eu balancei beeeem devagar os NOSSOS ingressos debaixo do nariz DELA.

"É!", a Chloe acrescentou, balançando as mãos. "A gente tem acesso VIP, especial, AO CAMARIM! Enquanto vamos até lá dar um oi, VOCÊ pode choramingar!"

"E se NÓS encontrarmos os meninos do Bad Boyz no camarim, vamos dizer a eles que VOCÊ disse oi", a Zoey falou, piscando com doçura. "SÓ QUE NÃO!!"

A MacKenzie só ficou ali parada, em choque, nos encarando com a boca aberta.

Pensar na gente, garotas nada populares, de papo com as celebridades no camarim deve ter causado um miniataque de nervos na MacKenzie ou algo assim. Porque, por acidente, ela derrubou a garrafa de água e encharcou completamente a Chloe!

Ainda bem que a Zoey tinha um pacote de lenços na bolsa.

Fizemos nosso melhor para acalmar a Chloe e secá-la.

CHLOE, SURTANDO DEPOIS QUE A MACKENZIE DERRUBOU ÁGUA NELA!!

Eu não podia acreditar que a MacKenzie nem se deu o trabalho de pedir desculpas para a Chloe por ser tão ATRAPALHADA. Ela simplesmente desapareceu. Que GROSSA!!

Enfim, como o show começaria em menos de dez minutos, deixamos nosso casaco e outras coisas em um guarda-volumes e corremos para a entrada do camarim. Havia um segurança com cara de poucos amigos por ali, conferindo as identidades e mandando as pessoas entrarem.

"Hum... com licença, senhor", eu disse, toda empolgada. "Precisamos entrar no camarim. Fomos convidadas pelo sr. Trevor Chase e temos ingressos."

"Ah, mas é claro!", ele resmungou. "E eu sou a Bela Adormecida! Você e OUTRAS novecentas garotas têm ingressos para o camarim. Agora parem de me encher antes que eu tire vocês daqui por tentarem entrar sem autorização!"

"Não, a gente tem ingresso de VERDADE!", eu disse, abrindo a bolsa para pegá-los. "VIU? Estão bem aqui...!"

Só que houve uma leve complicação. Os ingressos não estavam no bolsinho interno da minha bolsa.

"Hum, espere um pouco...!" Eu dei uma risadinha nervosa enquanto procurava na bolsa. "Eu só preciso encontrá-los..."

O segurança revirou os olhos e olhou feio para mim.

"Nikki, dê os nossos ingressos a esse simpático senhor. Agora!", a Zoey disse com um sorriso falso estampado no rosto.

"Acabe com essa brincadeira antes que ele nos tire daqui", a Chloe meio que sussurrou gritando no meu ouvido.

Sorri para o segurança de cara feia. "Hum, o senhor pode nos dar um minutinho, por favor?"

Demos as costas para ele e nos juntamos para uma reunião de emergência. "NÃO ENCONTRO OS NOSSOS INGRESSOS!!!", gritei baixinho. "Eles simplesmente desapareceram."

"O QUÊ?!!", a Chloe e a Zoey arfaram juntas.

"Talvez eu tenha esquecido...", murmurei enquanto revirava minha bolsa desesperadamente.

EU, REVIRANDO MINHA BOLSA PARA TENTAR ENCONTRAR NOSSOS INGRESSOS PERDIDOS PARA O CAMARIM.

Mas não tinha ingresso nenhum. Foi aí que começamos a entrar em PÂNICO.

"Olha, eles têm que estar em algum lugar!", a Zoey disse, tentando ficar calma. "Nikki, corre até o guichê para ver se não esqueceu lá. A Chloe e eu vamos conferir no guarda-volumes para ver se não ficou com as nossas coisas. Não se preocupem, meninas. Tenho CERTEZA que vamos encontrá-los!"

Então partimos em busca dos nossos ingressos perdidos. Quando voltei ao guichê, ele estava fechado, porque o show já tinha começado. Infelizmente, não vi nossos ingressos em lugar nenhum. E a Chloe e a Zoey também não tiveram sorte.

Foi minha a brilhante ideia de telefonar para o Trevor Chase e explicar nossa situação. Mas, infelizmente, a caixa postal dele estava cheia ☹.

As coisas logo foram de mal a pior. Quando contamos ao segurança que tínhamos perdido nossos ingressos e pedimos sua ajuda, ele simplesmente gritou com a gente.

"Vocês têm exatamente sessenta segundos para DAR O FORA do meu show!", ele resmungou. "Caso contrário, serão presas por INVASÃO!"

Foi quando eu fiquei muito brava e perdi totalmente a cabeça. "Ah, tá bom, SR. RANZINZA! Você não é DONO deste lugar. Além disso, não é nem policial de VERDADE!", gritei com ele.

Mas eu disse isso dentro da minha cabeça, então só eu mesma escutei.

Fiquei superENJOADA. Só mais uma pessoa sabia da existência dos nossos ingressos para o camarim.

A MACKENZIE ☹!!

E agora estava bem evidente que ela tinha derramado água na Chloe "acidentalmente" de propósito, para nos distrair, e então simplesmente desapareceu.

Junto com os nossos INGRESSOS ☹!!!

AI, MEU DEUS! Eu estava tão revoltada e frustrada que queria chorar! Se eu não achasse um jeito de entrar no camarim para ver o Trevor Chase O MAIS RÁPIDO POSSÍVEL, nosso acordo iria para o BELELÉU!

TALVEZ ele estivesse disponível de novo em sete meses. Mas a vida é TÃO incerta. Ei, ELE podia morrer até lá!! As minhas melhores amigas estavam ainda mais decepcionadas do que eu.

"Que pena que as coisas não saíram como planejamos, Nikki!", a Chloe disse com tristeza.

"Sim, que PORCARIA de azar!", a Zoey suspirou.

Não tínhamos escolha a não ser desistir e ir embora. Além disso, o segurança estava nos encarando como se estivéssemos planejando assaltar um guichê ou algo assim.

Quando ele olhou para o relógio, eu soube que provavelmente ele estava pensando que tínhamos apenas trinta e cinco segundos para sair do espaço DELE!!

Arrasadas, a Chloe, a Zoey e eu seguramos as lágrimas e então seguimos lentamente o caminho que nos levaria de volta à entrada.

Minha empolgante carreira de estrela pop havia terminado antes mesmo de começar oficialmente.

Infelizmente, tenho que parar de escrever agora. A pirralha da minha irmã e sua boneca maluca, a Bicuda, entraram correndo no meu quarto como se fossem minhas colegas de quarto ou alguma coisa assim.

Por que não sou filha única??!!

Escrevo mais depois...

☹!!

SEGUNDA-FEIRA, 3 DE MARÇO

Bom, onde foi que eu parei ontem?! Hum... Certo. Minhas melhores amigas e eu tínhamos acabado de deixar a área do camarim e estávamos voltando para a entrada quando a coisa MAIS ASSUSTADORA de todos os tempos aconteceu. Quase fomos atropeladas! Por uma arara cheia das roupas de show mais fabulosas que já vi na vida. AI, MEU DEUS! Eram lindas de MORRER!

Eu imediatamente reconheci o famoso estilista Blaine Blackwell, daquele programa de TV famoso, *Intervenção na roupa feia!*, e do novo programa, inspirado no anterior, o *Intervenção na cara feia!*

Ele estava falando ao telefone sem parar. "Sensacional! O segurança vai me acompanhar lá para dentro. Suas garotas, as Divas da Dança, serão as dançarinas mais bem-vestidas do mundo...!"

A Chloe, a Zoey e eu ficamos olhando para a arara de roupas e então trocamos olhares. Sem dizer uma única palavra, nós soubemos exatamente o que tínhamos que fazer. Juntas, saltamos e mergulhamos de cabeça...

A CHLOE, A ZOEY E EU DESCOLANDO UMA CARONA PARA O CAMARIM!!!

Depois do que pareceu, tipo, uma eternidade, saímos cuidadosamente do nosso esconderijo. A arara de roupas estava parada em um corredor, na frente de uma porta na qual se lia FIGURINO E MAQUIAGEM.

Nosso plano funcionou! A Chloe, a Zoey e eu estávamos no camarim. Uhu! A gente mal conseguia conter a empolgação.

"Agora a gente só precisa encontrar o Trevor Chase!", sussurrei meio que gritando.

"E evitar os seguranças!", a Zoey acrescentou.

"É, este lugar está cheio deles!", a Chloe falou e apontou para o outro lado do corredor comprido.

Três seguranças estavam conversando com o sr. Ranzinza, o cara que mandou a gente sair dali.

Foi quando pensei que o segurança poderia estar à NOSSA procura! AAAIII!! ☹!!

"Vamos! Precisamos sair daqui!", eu murmurei.

De repente, logo atrás de nós, ouvimos uma voz alta. "NA VERDADE, VOCÊS, GAROTAS, NÃO VÃO A LUGAR NENHUM!!"

AI, MEU DEUS! Nós três fizemos xixi na calça! Bom, quase.

"PARADAS! Não mexam um fio de cabelo! Estou prestes a DISPARAR!"

Nós arfamos e nos agarramos, ATERRORIZADAS! Eu NÃO podia acreditar que estávamos prestes a LEVAR UM TIRO só por termos entrado no camarim. Aquilo era TÃO injusto!

"Olhem para vocês! Preciso mesmo chamar as autoridades para que vocês sejam PRESAS."

"P-por fa-favor, não a-atire! Eu po-posso explicar!", gaguejei. "Sou a Nikki, e estas são a Chloe e a Zoey. O sr. Trevor Chase pediu para a gente..."

"Eu já SEI quem são vocês! Sinto muito, mas não tenho escolha! Disparar contra as pessoas é o meu trabalho!

Vou tentar fazer com que seja o menos doloroso possível. Agora virem-se, por favor, e olhem para mim!"

Nós engolimos em seco e nos viramos muito lentamente para ver...

BLAINE BLACKWELL, APONTANDO
A CÂMERA PARA NÓS?!

"Eu sinto muito, meninas. Mas sempre faço um antes e depois com as fotos. Se eu fosse vocês, também ficaria nervoso. Onde vocês fazem compras? No LIXÃO da cidade?! Agora olhem bem para mim. E digam 'Xis!'"

Nós demos um suspiro coletivo de alívio!

"Por um momento, pensei que VOCÊ tivesse pensado que NÓS éramos, humm... criminosas!", soltei uma risada nervosa. "Estamos aqui para encontrar o sr. Trevor Chase. Ele nos deu..."

Blaine se aproximou para me observar e franziu a testa.

"Querida, na verdade, essas sobrancelhas rebeldes SÃO um crime! E você nunca ouviu falar de bronzeador? Deveria ser um crime NÃO usar. E essa blusa laranja nojenta? Você merece a pena de morte por usá-la em público! Você não tem vergonha?!!"

Fiquei sem palavras. AI, MEU DEUS! Não era todo mundo que tinha a HONRA de ser humilhada pelo internacionalmente famoso Blaine Blackwell!!! A Chloe, a Zoey e eu só ficamos olhando para ele, totalmente fascinadas ao ver como ele era fantástico.

"Não tenham medo, queridas! Eu montei o guarda-roupa mais incrível para a turnê mundial de vocês! Vocês serão as três dançarinas mais FABULOSAS e bem-vestidas do mundo."

"Mas... mas você está cometendo um erro enorme!", soltei. "Não somos dança..."

"Sem desculpas, srta. Monocelha!", o Blaine falou, me encarando. "É sério! Vocês são DESLEIXADAS demais! A transformação de vocês vai ser um desafio até mesmo para mim. Ei, sou um designer e estilista mundialmente famoso, NÃO um mágico!"

"Ele acabou de dizer TRANSFORMAÇÃO?!", a Chloe e a Zoey gritaram de alegria. "ÊÊÊÊÊ!!!"

Nós seguimos o Blaine até o camarim. Então ele determinou que cada uma de nós ficasse com uma EQUIPE própria de cabeleireiro, maquiador e estilista.

Cada uma sentou na frente de uma penteadeira com luzes ao redor do espelho. E pudemos usar os roupões e chinelos de plush mais macios de todos os tempos.

AI, MEU DEUS. Aquilo foi IN-CRÍ-VEL!

EU, PRESTES A SER TRANSFORMADA PELO FAMOSO BLAINE BLACKWELL!!

A Chloe olhou para a coleção de gloss labial em cima da penteadeira. "Uau! Eu ADORO esse tom lindo de cor-de-rosa. Acho que ficaria muito bom em mim."

Assim que ela pegou a embalagem, o Blaine se apressou até ela.

"Querida, NÃO! Não faça isso!!", ele gritou, tirando o gloss da mão dela e derrubando-o no chão. "Ai, MEU DEUS! Essa foi por pouco!", ele ofegou.

A Chloe parecia ter acabado de ver uma cobra.

"Aquele gloss estava vencido ou alguma coisa assim?!"

"Muito pior do que isso!", Blaine arfou. "Você estava a dois segundos de passar um tom de gloss invernal. E você DEFINITIVAMENTE é outono!"

Em menos de uma hora, eu mal conseguia reconhecer as minhas melhores amigas ou a minha própria imagem no espelho.

AI, MEU DEUS! Nós parecíamos uma mistura de modelos com alienígenas! Principalmente por causa dos macacões prateados que brilhavam no escuro e das perucas coloridas e fluorescentes.

Mas uma coisa era certa: eu estava TOTALMENTE convencida de que o Blaine Blackwell ERA de fato um MÁGICO...

NOSSA TRANSFORMAÇÃO FABULOSA, CORTESIA DO BLAINE!

A melhor coisa sobre as nossas roupas novas era que agora não seríamos reconhecidas pelo segurança.

O que foi MUITO conveniente! Porque, de acordo com a fofoca na sala de cabelo e figurino, um alerta tinha sido emitido pelo sr. Ranzinza (Gus, o segurança).

Ao que tudo indica, três adolescentes tinham tentado entrar nos bastidores sem autorização e então se recusaram a deixar a área depois de serem advertidas pelo segurança.

Agora elas eram consideradas infratoras e seriam apreendidas e retiradas dali.

Tipo, QUEM faz ISSO?! Algumas garotas da minha idade são TÃO imaturas!

De qualquer forma, o show terminaria em menos de uma hora, e a área dos bastidores era enorme.

Mas eu estava confiante de que as minhas melhores amigas e eu encontraríamos o Trevor Chase antes que fosse tarde demais.

Tipo, não podia ser tão difícil assim!

QUE MARAVILHA ☹! Agora preciso parar de escrever no meu diário.

POR QUÊ?!!!

Minha mãe quer que eu leve minha irmãzinha (Brianna, a pirralha!) ao cinema para assistir a *A princesa de pirlimpimpim vai para Hollywood: parte 2*.

ECA! Eu ODEIO esses filmes infantis idiotas!!

Tenho essa semana INTEIRA de folga do colégio, semana do saco cheio. E pretendo passá-la fazendo coisas SUPERimportantes, tipo... humm... talvez escrever no meu diário e coisas assim!

Ei, NÃO são, tipo, férias na Flórida, mas MESMO ASSIM!!

Foi mal, mãe! Mas eu me recuso a passar o tempo todo cuidando da Brianna!!

☹!!

TERÇA-FEIRA, 4 DE MARÇO

Blaine Blackwell tinha razão! A Chloe, a Zoey e eu éramos, sem dúvida, AS mais FABULOSAS e bem-vestidas dançarinas do mundo! Certo. Na verdade, AS mais FABULOSAS, bem-vestidas e FALSAS dançarinas do mundo!

Nós havíamos acabado de deixar a sala de cabelo e figurino quando ouvimos um chamado pelo alto-falante: "Trevor Chase, favor dirigir-se ao escritório da produção. A limusine o aguarda para levá-lo ao aeroporto".

"Ah, NÃO!", a Zoey lamentou.

"Ele NÃO PODE estar indo embora!", a Chloe gemeu.

"A gente precisa ir até o escritório da produção!", gritei. "Depressa!"

Eu não sei como as celebridades e as garotas baladeiras fazem isso. A gente mal conseguia andar com os saltos, imagine CORRER com eles!

"Esses saltos estão acabando com os meus pés!", a Zoey resmungou.

"Bom, você tem sorte", a Chloe gemeu. "Eu não consigo nem sentir os MEUS pés. Eles estão totalmente adormecidos faz uns dois minutos!"

"Alerta! Tem três seguranças logo ali!", sussurrei.

Nós nos esforçamos ao máximo para desfilar pelo corredor como verdadeiras divas. Mas nossos passos confiantes ficaram capengas, e começamos a mancar totalmente. Demorou uma ETERNIDADE para finalmente chegarmos à área onde ficava o escritório da produção.

"Ai! Mais seguranças!", sussurrei.

Quando passamos por eles, eles nos olharam de um jeito suspeito. Provavelmente porque passamos como três cavalos desajeitados de salto. Tic-toc, tic-toc, tic-toc!

Mas a gente simplesmente seguiu em frente como divas esnobes e egocêntricas e os ignoramos...

NÓS, PASSANDO MANCAS PELOS SEGURANÇAS!

Eu fiquei TÃO aliviada quando vi que a porta do escritório da produção estava a APENAS dez metros. E então cinco, quatro, três, dois...

Meu coração batia forte. A Chloe e a Zoey pareciam desesperadas. Coloquei a mão na maçaneta, sorri e sussurrei para as minhas melhores amigas: "Ainda bem! Finalmente chegamos..."

"PAREM ONDE ESTÃO, MOCINHAS!", o sr. Ranzinza rosnou enquanto se aproximava depressa de nós.

"DESCULPA! A GENTE NÃO DÁ AUTÓGRAFOS!", a Chloe praticamente gritou para ele. "ALGUÉM PODE, POR FAVOR, CHAMAR A SEGURANÇA?! PARA CONTER ESSE... SEGURANÇA?!"

Eu só revirei os olhos para a garota!

"Desculpe incomodar, garotas", ele pareceu hesitante. "Mas eu preciso fazer uma pergunta importante."

AI, MEU DEUS! Estávamos TÃO ferradas! Prendemos a respiração e esperamos o inevitável...

"HUM, ALGUÉM PERDEU ESTE BRINCO? EU O ENCONTREI NO CHÃO."

"Ah! Acho que é meu", a Zoey disse, aliviada. "Obrigada!"

"Como somos celebridades ricas e famosas, esses brincos provavelmente custaram uns dez dólares. Quer dizer, dez mil dólares. Todas as estrelas descoladas da Disney usam esse modelo. A gente anda sempre com elas", a Chloe mentiu. "E hoje a gente vai à festa da... AI! DOEU!!"

Felizmente, a Zoey chutou a Chloe para fazê-la calar a boca antes que ela estragasse o nosso disfarce.

"Vamos, garotas!", eu disse, abrindo um sorriso falso. "Precisamos chegar àquela reunião importante com o sr. Trevor Chase O MAIS DEPRESSA POSSÍVEL!"

"Tenham uma boa noite", o segurança falou, assentindo.

Eu não podia acreditar que FINALMENTE tínhamos conseguido! Eu ia ficar TÃO feliz ao ver o Trevor Chase.

Nós abrimos a porta e entramos animadas. Então paramos de repente e olhamos chocadas, sem poder acreditar. Porque bem ali na nossa frente estavam...

NIKKI, CHLOE E ZOEY?!!

Bom, pelo menos era o que estava escrito no crachá delas!

ARGH!! Preciso parar de escrever DE NOVO!!

Meu pai acabou de me pedir para ir com ele até o shopping para escolher um presente de aniversário para a minha mãe. O aniversário dela é no sábado, 15 de março.

Ei, pessoal! Estou na SEMANA DO SACO CHEIO!!

Mas nem parece, pelo tanto de coisas que minha mãe, meu pai e a Brianna estão fazendo para ocupar o MEU precioso tempo longe do colégio.

Como posso escrever no meu diário com todas essas INTERRUPÇÕES aleatórias??!!!

De qualquer forma, falo MAIS sobre a porcaria da MacKenzie amanhã...!!!

☺!!

QUARTA-FEIRA, 5 DE MARÇO

AI, MEU DEUS! Eu NÃO podia acreditar que a MacKenzie e as amigas dela, a Jessica e a Jennifer, estavam fingindo ser A GENTE!! Tipo, QUEM faz uma coisa dessas?!!

Já era ruim o bastante o fato de terem roubado nossos ingressos pelas nossas COSTAS. Mas agora elas tinham roubado nossa identidade bem na nossa CARA!

Mas, levando em conta que tínhamos acabado de passar por uma transformação E estávamos usando roupas extravagantes E estávamos meio que fingindo ser as Divas da Dança, eu acho que dava para dizer que talvez NÃO tenha sido exatamente na NOSSA CARA.

Mas MESMO ASSIM! Eu fiquei TÃO brava que queria simplesmente... CUSPIR!

Foi quando a MacKenzie e suas amigas gritaram e dispararam na nossa direção.

"AI, MEU DEUS! Não posso acreditar que vocês são mesmo as Divas da Dança!! Eu sou a Nikki, e estas são as minhas amigas, a Chloe e a Zoey", ela mentiu. "Vocês podem me dar um autógrafo? Por favor? Escrevam 'Para MacKenzie, linda e inteligente! Uma futura popstar!', e eu passo pra ela!"

Então ela me deu uma caneta e um papel.

"Prazer em te conhecer, Nikki!", eu disse, entrando na farsa. "Eu adoraria te dar um autógrafo. E tenho uma mensagem muito inspiradora especialmente para você..."

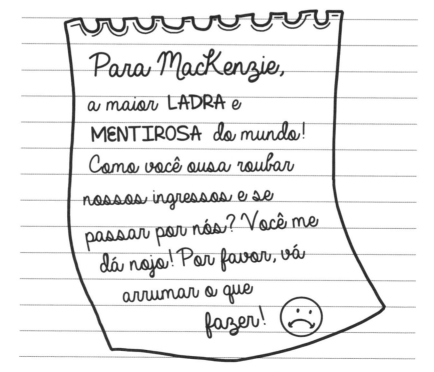

"Ah, obrigada!", a MacKenzie/Falsa Nikki se emocionou. "Agradeço muito por você estar fazendo isso para a minha grande amiga MacKenzie!"

Então, sorrindo, ela dramaticamente leu em voz alta o que eu tinha escrito. "'Para MacKenzie, a maior LADRA e MENTIROSA do mundo'...??!! O QUÊ?!!"

De repente, ela franziu o cenho e estreitou os olhos para mim, num olhar glacial.

"Espera um pouco! Vocês NÃO são as Divas da Dança!", ela soltou. "Ai, MEU DEUS! Nikki Maxwell?! É VOCÊ? E Chloe e Zoey! O que VOCÊS estão fazendo aqui?"

"A pergunta certa seria o que VOCÊS estão fazendo aqui. E por que estão fingindo ser A GENTE?", perguntei.

"Não é da sua conta!", a Jessica respondeu.

"Na verdade, É da nossa conta, sim!", a Zoey esbravejou. "O Trevor Chase deu aqueles ingressos para a Nikki! Ela teria uma reunião com ele. Até uma garota viciada em gloss, candidata a BANDIDA, derrubar água na Chloe para nos distrair e então fugir com os nossos ingressos."

"Bom, Nikki, que pena! Fiquei sabendo que ele acabou de ir para o aeroporto", a MacKenzie riu.

Meu coração despencou direto nos meus ~~sapatos~~ saltos! Eu não podia acreditar que tínhamos passado por esse drama todo e o Trevor Chase tinha partido sem conversar com a gente sobre o nosso contrato de gravação.

Engoli o enorme nó na minha garganta e segurei as lágrimas. A última coisa que eu precisava naquele momento era de rímel Glitter-Glam grudento escorrendo pelo meu rosto.

"É! Então vocês podem RASTEJAR de volta para a toca!", a Jennifer resmungou.

De repente, a porta se abriu com tudo e três seguranças entraram, liderados pelo sr. Ranzinza.

"O que é essa comoção toda, garotas?! Ouvimos as vozes do corredor! Está tudo bem?"

"Na verdade, não!", a MacKenzie cuspiu. "Essas garotas não têm nada que estar aqui. Elas são... IMPOSTORAS!"

"O quê? Vo-você tem certeza?", ele gaguejou.

Os seguranças olharam para a Chloe, para a Zoey e para mim com uma cara bem confusa.

Eu fiquei, tipo, Ah. Não. Ela. NÃO FEZ ISSO. Nós estávamos ENCRENCADAS!! DE NOVO!! A MacKenzie estava sempre metendo o nariz nas MINHAS coisas.

Bom, DUAS pessoas podiam entrar nesse joguinho! Ela COMEÇOU, mas eu ia TERMINAR.

"Na verdade, ELAS não deveriam estar aqui. ELAS são as IMPOSTORAS!", eu disse.

Foi quando os seguranças se viraram e olharam para a MacKenzie, a Jessica e a Jennifer.

Aquelas meninas estavam se contorcendo como minhoquinhas nojentas no asfalto quente.

"Não acredite NELA! Elas NÃO são as Divas da Dança verdadeiras!", a MacKenzie disse.

"E elas NÃO são a Nikki, a Chloe e a Zoey verdadeiras!", disparei de volta. "Elas roubaram os NOSSOS ingressos para o camarim."

Agora os seguranças estavam TOTALMENTE confusos.

Eles apenas ficaram me encarando (a Nikki verdadeira e a Diva da Dança falsa), então encararam a Nikki falsa (e MacKenzie verdadeira), então outra vez me encararam (a Nikki verdadeira e a Diva da Dança falsa) e então a Nikki falsa (a MacKenzie verdadeira).

Toda essa troca de olhares durou, tipo, uma ETERNIDADE! Tenho que admitir que até eu estava começando a ficar meio confusa sobre quem era quem de verdade.

"Nikki, você está mentindo!"

"MacKenzie! VOCÊ está mentindo!"

Então nós duas apontamos furiosamente uma para a outra e gritamos...

E então as coisas ficaram ainda MAIS confusas! Três garotas vestindo collant apareceram com o Blaine Blackwell. Elas NÃO pareciam nada contentes.

O Blaine se aproximou, apontou o dedo bem na nossa cara e gritou...

Acho que o sr. Ranzinza já tinha ouvido o suficiente! Porque ele ficou olhando para todas nós com os olhos quase saltando das órbitas. "Nós" éramos eu, a Chloe, a Zoey, a Jessica, a Jennifer E a MacKenzie.

Então ele gritou a plenos pulmões como um maluco...

"O QUÊ?!!!", todas nós arfamos, CHOCADAS.

Todo mundo começou a falar ao mesmo tempo!! A Jessica e a Jennifer começaram a chorar!

O segurança continuou: "Agora todas fiquem calmas! Não tenho escolha a não ser deter TODAS vocês até conseguirmos resolver esse impasse!"

"Por favor, senhor! Posso explicar?", implorei.

"Sim, vou pegar o depoimento de vocês DEPOIS de abrir uma ocorrência com o chefe da segurança. Mas primeiro terei que telefonar para os pais de vocês..."

"NOSSOS PAIS?!!!", todas nós engasgamos.

"Sentem-se e fiquem à vontade. Tenho a sensação de que será uma longa noite. Alguma pergunta?"

Houve um silêncio tão grande na sala que daria para ouvir um alfinete caindo.

Eu pigarreei e então ergui a mão.

"Sim, minha jovem, qual é a sua pergunta?"

"Hum... po-posso ir ao ba-banheiro?", murmurei.

Foi aí que corri até o banheiro e comecei a ter um ataque porque seria mandada diretamente para a cadeia.

E comecei a rezar para que, SE eu fosse mesmo para a PRISÃO, pelo menos me deixassem levar o meu diário.

Então pensei a coisa mais HORROROSA de todas!

E SE a MacKenzie e eu fôssemos forçadas a ser COMPANHEIRAS DE CELA?

Eu teria que cumprir uma pena de dez anos em uma cela minúscula com ELA na cama de cima do beliche!

Comecei a suar frio só de pensar numa coisa dessas.

EU E MINHA COMPANHEIRA DE CELA, MACKENZIE

Ei, isso poderia acontecer!

AAAAAAHHH ☹!!

(Essa sou eu gritando!)

Embora eu pudesse contratar um daqueles advogados de defesa bem famosos para cuidar do meu caso! E então eu poderia tentar convencer o júri a me sentenciar à PENA DE MORTE em vez de a uma cela com a MacKenzie!

Ei, eles poderiam decidir a meu favor!

UHU!!

(Eu sei, eu sei! Estou escrevendo sobre o que me aconteceu na noite do último sábado naquele show já faz, tipo, uma ETERNIDADE! Bom, pelo menos quatro dias. Ei, talvez eu entre para o *Guinness World Records!* Continua amanhã...)

QUINTA-FEIRA, 6 DE MARÇO

Era esse o momento que eu TEMIA!

O chefe da segurança estava prestes a fazer o primeiro telefonema para os pais. OS MEUS! Por que EU? ☹!!!

Provavelmente porque a MacKenzie tinha convencido todo mundo de que seus pais estavam em uma viagem de seis meses pelas florestas tropicais do Peru e que o sinal de celular era praticamente inexistente por lá.

Essa garota é TÃO mentirosa.

Tipo, que IDIOTA acreditaria numa história tão nada a ver?! Que tal TODA a equipe de seguranças?!!

Eles decidiram aceitar a sugestão da MacKenzie e enviaram um bilhete aos pais DELA por pombo-correio.

Eu simplesmente sabia que os MEUS pais iam me MATAR.

Mas tentei olhar pelo lado positivo.

Quando eles fossem condenados por tentativa de homicídio, nós todos poderíamos ir para a prisão como uma grande família FELIZ ☺!!...

NOSSA FOTO EM FAMÍLIA NA PRISÃO

E sem mim, a mamãe e o papai no caminho, a Brianna teria acesso ilimitado ao meu CELULAR e poderia comer o que mais gosta — uma tigela grande de ketchup, uva-passa e sorvete — no café da manhã, no almoço e no jantar...

BRIANNA, SOZINHA EM CASA, GRUDANDO UMA GOROROBA NOJENTA NO MEU CELULAR 😠!!

Quando eu estava prestes a perder a ESPERANÇA (e a dar o número de telefone dos meus pais!), a ÚLTIMA pessoa que eu esperava ver ali apareceu.

Não, bobinha, não era o PAPAI NOEL! Era...

TREVOR CHASE ☺!!

E todo mundo que estava na sala imediatamente correu para perto dele e começou a falar ao mesmo tempo, inclusive EU!

"Trevor! Eu fui enganado e obrigado a fazer cabelo, maquiagem e figurino de três criminosas quaisquer. Minha reputação no *Intervenção feia* será ARRUINADA!"

"Nossas identidades foram roubadas por umas aspirantes a Divas da Dança!"

"É, e elas nem sabem dançar direito!"

"Dançar?! Elas mal conseguem andar! Você tinha que ter visto essas garotas cambaleando de salto."

"Senhor, eu prendi seis suspeitas ligadas a um crime cometido nos arredores do local do show, e nossa investigação ainda está em curso."

"Eu sou a MacKenzie! Lembra de MIM?! Eu venci o show de talentos do colégio Westchester Country Day com uma coreografia incrível. Bom, não acredite em tudo que a Nikki Maxwell vai falar sobre mim. Ela está delirando porque esqueceu de tomar o remédio dela hoje."

"Na verdade, VOCÊ precisa de ajuda, MacKenzie! Como ousa dizer coisas tão horríveis sobre a minha melhor amiga Nikki e 'sussurrar acusações insidiosas no ouvido da horda!', como disse Virgílio?"

"Olá, eu sou a Jessica e sei tocar 'Yankee Doodle Dandy' na sanfona enquanto sapateio com botas de caubói cor-de-rosa. Eu seria simplesmente perfeita para o seu programa! Olha só... 'Yankee Doodle foi à cidade, em cima de um pô-neeeei!'"

"A Nikki é a minha melhor amiga! Então cai fora! A propósito, alguém vai comer esses cupcakes? Ou os cookies? Ou os brownies? Ou esses... AI! Isso doeu!"

"Eu só quero ir para caaaaaasa! Aaaaahhhh!"

"Senhor, se puder assinar aqui, minha equipe de seguranças poderá prestar queixa contra todas as envolvidas."

Aí o sr. Chase finalmente se cansou. "QUIETOS! TODOS! Por favor!", ele gritou. E continuou: "Muito bem, tenho apenas uma pergunta importante: QUEM é o responsável por todo esse TUMULTO?"

Foi quando TODAS as pessoas muito iradas na sala de repente apontaram o dedo para MIM...

EU, SENDO ACUSADA POR UMA HORDA CRUEL

A situação toda FOI culpa minha! Mais ou menos!

Se eu tivesse simplesmente ficado em casa e dividido uma tigela de ketchup, uva-passa e sorvete com a Brianna, NADA disso teria acontecido.

Olhei para os meus pés e suspirei. Eu tinha certeza de que o contrato de gravação tinha ido por água abaixo.

"Sr. Chase, sinto muito, muito mesmo pela confusão. Mas nossos ingressos de acesso ao camarim sumiram. Então meio que tivemos que invadir os bastidores e pegar emprestadas as fantasias das Divas da Dança para que ninguém nos reconhecesse. E quando finalmente conseguimos chegar aqui para conversar sobre o nosso acordo, o senhor já tinha partido. E então fomos... DETIDAS! Me desculpa por ter enganado todo mundo e arruinado a sua noite!"

Foi quando o Trevor Chase me encarou, perplexo.

"Eu te conheço? Espera um pouco. Você é a NIKKI MAXWELL?!", ele perguntou, estreitando os olhos e me observando mais de perto.

Primeiro ele sorriu. Depois deu uma risadinha. Então riu muito. Histericamente, como se estivesse ficando maluco.

E logo todo mundo na sala estava rindo também.

Até EU! Apesar de não fazer a menor ideia do que era TÃO engraçado.

"Blaine! Você é um gênio!", o Trevor soltou. "Eu tinha certeza que a Nikki e as amigas dela eram as Divas da Dança. Gostaria de te oferecer um emprego como responsável pelos cabelos, maquiagens e figurinos do meu programa de TV!"

"Eu ADORARIA!", o Blaine se emocionou. "Quando eu vi essas três garotas com suas roupas cafonas, desengonçadas e com monocelha, tive pena delas. Então implorei para que me deixassem fazer uma transformação! Depois insisti para vesti-las com essas roupas fabulosas. Como sempre digo, sou estilista E mágico!"

"E então, o senhor AINDA quer prestar queixa contra elas?", o sr. Ranzinza perguntou, batendo impacientemente a caneta em seu bloco de anotações.

"Prestar queixa contra elas? Nossa, NÃO! O único crime que elas estão cometendo é o jeito como estão assassinando esses saltos. AI, MEU DEUS! Elas caminham como girafas tontas com tornozelos de água-viva."

Eu NÃO podia acreditar que estávamos sendo humilhadas pelo estilista mundialmente famoso Blaine Blackwell, do conhecido *Intervenção feia*. DE NOVO! Ele fazia com que nos sentíssemos animais selvagens de curral. ÊÊÊÊÊ ☺!!

"CASO ENCERRADO!", o sr. Ranzinza falou. "E, como fiz muito esforço, vou me servir de alguns desses petiscos deliciosos e voltar para o meu posto."

Ainda bem que tudo deu muito certo no fim.

A MacKenzie até chegou a pedir desculpas por roubar "acidentalmente" meus ingressos. Ela disse que estava indo ao banheiro, mas, sabe-se lá como, acabou se perdendo e foi parar no camarim... e estava comendo cupcakes enquanto usava um crachá de identificação com o MEU nome ☹!

Tipo, QUEM faz ISSO?! Essa garota é uma MENTIROSA DOENTE!

Acho que ela começou a fingir ser SUPERboazinha e fofa só para tentar impressionar o sr. Chase.

E SIM! Depois de a Zoey me fazer sentir totalmente culpada, aceitei a desculpa da MacKenzie e decidi NÃO prestar queixa contra ela e mandá-la para a cadeia.

Mas SÓ porque eu senti muita pena da companheira de cela que teria que dividir o espaço com ela. Ei, eu não desejaria isso nem para a minha pior inimiga. Que, infelizmente, É ela ☹!

Enfim, o Blaine nos deixou ficar com as roupas de Divas da Dança, o que me deu uma ideia brilhante para o Halloween. Podíamos pintar o rosto de verde--vômito e ser as Divas da Dança zumbis. Eu não sou um GÊNIO?!!

Então finalmente fizemos aquela reunião com o sr. Chase! E olha SÓ!! Ele disse que estava pronto para seguir em frente com o nosso contrato de gravação da música "OS TONTOS COMANDAM"!
^^^^^^^
ÉÉÉÉÉÉÉ!

Vamos trabalhar com o produtor dele em um estúdio da região enquanto ele se dedica à turnê mundial dos Bad Boyz. Ele até decidiu ficar na cidade por mais um dia para lançar um projeto novinho em folha.

O sr. Chase planejava se encontrar com os nossos pais para que eles assinassem as autorizações e os contratos no dia seguinte, domingo. E depois disso ele levaria todos os membros da minha banda para comer pizza na Queijinho Derretido e faria um grande pronunciamento surpresa!

A Chloe e a Zoey ficaram TÃO felizes! Elas disseram que gravar uma música seria a coisa MAIS incrível que já tinha acontecido na vida delas. Também disseram que eu era uma amiga maravilhosa! Apesar de quase ter feito com que fossem presas.

As duas me deram um enorme abraço FABULOSO!

A CHLOE E A ZOEY, ME APERTANDO EM UM GRANDE ABRAÇO

Eu estava muito ansiosa para passar um tempo com a Chloe e a Zoey no estúdio.

E, como o BRANDON é o nosso baterista, isso significava que eu também passaria muito tempo com ELE.

^ ^ ^ ^ ^ ^
EEEEEE!!

Mas preciso admitir que, bem no fundo, estou um pouco nervosa com esse projeto.

Preciso lembrar que é só uma música!

Não uma cirurgia CEREBRAL!

Tipo, não pode ser tão difícil assim!!

☺!!

Preciso parar de escrever agora! Minha mãe está me chamando para jantar. Vou terminar amanhã de escrever sobre o que aconteceu em seguida. Assim espero!

SEXTA-FEIRA, 7 DE MARÇO

Eu acordei no domingo de manhã me sentindo meio tonta e confusa.

Tudo o que tinha acontecido no sábado à noite parecia um sonho MUITO esquisito.

De repente, o meu celular tocou.

Muito alto...

TRIM-TRIM TRIIIIIIMM! TRIM-TRIM TRIIIIMMM!

Cobri a cabeça com o travesseiro e gemi. Mas ele continuou tocando...

TRIM-TRIM TRIIIIIIMM! TRIM-TRIM TRIIIIMMM!

O. Som. Mais. Irritante. De. TODOS. OS. TEMPOS! Ainda grogue, por fim me sentei e atendi...

Eram as minhas melhores amigas, a Chloe e a Zoey!

Elas estavam me ligando para me acordar e me lembrar que tínhamos um compromisso MUITO importante ao meio-dia.

Foi quando eu finalmente me dei conta de que todas aquelas coisas MALUCAS tinham MESMO acontecido comigo!

Incluindo a parte muito LEGAL do contrato de gravação!

^^^^^
EEEEE!!!

Pulei rápido da cama e telefonei para o Brandon, o Marcus, o Theo e a Violet, para contar as notícias empolgantes. O Trevor Chase queria encontrar todos nós na Queijinho Derretido para falar sobre a gravação da nossa música!!

Quando todo mundo chegou à pizzaria, o Trevor fez uma reunião rápida com os nossos pais e responsáveis.

E em seguida fez uma reunião com a gente...

EU E A MINHA BANDA REUNIDOS COM
TREVOR CHASE NA QUEIJINHO DERRETIDO

Ele explicou que gravaríamos com seu produtor assistente, Scott, a partir do dia 17 de março, durante cerca de duas semanas.

Então, se tudo corresse como planejado, nossa canção seria lançada em junho! ÊÊÊÊÊ ☺!!

O sr. Chase então anunciou que nossa banda abriria o próximo show dos Bad Boyz na cidade!

É claro que todas nós, meninas, começamos a gritar histericamente quando ouvimos AQUELA notícia! E os garotos se cumprimentaram com batidas de mãos.

A festa de lançamento do CD (sim, FESTA ☺!) seria no fabuloso Monte Elegante Ski Resort, no sábado, 29 de março! E todo o dinheiro das vendas do CD seria doado para a Kidz Rockin, uma instituição beneficente que oferece aulas de música e bolsas de estudos a crianças. Não é DEMAIS?!

Então o Trevor abriu um sorriso muito largo e anunciou que tinha deixado a MAIOR surpresa para o fim. AI, MEU DEUS! Eu não achava que podia existir uma notícia melhor do que todas as coisas que ele já tinha nos contado.

Até ele apontar para mim e falar...

E olha isso!

Tinha um cara ali segurando cartolinas com coisas escritas que o Trevor Chase tinha que dizer à câmera.

Então a equipe de TV toda apareceu do nada.

Uma câmera enorme com uma luz forte em cima estava voltada para mim, e tinha um microfone bem na minha cara.

Se eu não estivesse sentada, teria tido um treco e caído.

As minhas melhores amigas teriam literalmente que me ARRANCAR do chão.

Todo mundo na mesa ficou olhando em choque, com os olhos arregalados feito pires e a boca aberta.

Eu só fiquei ali sentada, piscando nervosamente e com um sorriso bobo na cara. E aí a câmera gigante deu um zoom tão enorme que provavelmente todo mundo conseguia ver os pelos do meu nariz...

Então o Trevor explicou para a nossa audiência (AUDIÊNCIA?!!) que uma equipe de filmagem da emissora da nossa região começaria a me acompanhar na segunda-feira, 10 de março, e seguiria até o fim do mês — no colégio, em casa, ensaiando com a minha banda, gravando no estúdio, passando um tempo com os meus amigos e me divertindo.

Eu sabia que tinha sorte por ter uma oportunidade tão incrível. Ei, a maioria dos jovens MATARIA para estar no meu lugar! Ter um reality show narrando minhas experiências como POPSTAR e ATRIZ era simplesmente tão... não sei... humm...

GLAMOUROSO ☺!!

Mas, apesar de tudo isso, havia uma coisinha que estava me assustando TOTALMENTE.

Ou seja, a possibilidade de uma câmera me seguir...

EM CASA ☹!!

Isso poderia criar um problema, porque eu tenho um grande segredo. Estou naquele colégio porque tenho uma bolsa de estudos para exterminadores de insetos ☹!

E o exterminador de insetos tem uma van com uma enorme e horrorosa barata de plástico chamada Max no teto. Infelizmente, os TRÊS moram na minha casa ☹!

Eu juro! Vou MORRER de vergonha se o pessoal do colégio vir todas essas coisas SUPERPESSOAIS da minha vida na TV.

"E então, Nikki!", Trevor leu em um dos cartazes. "Qual é a sua resposta? Está disposta a permitir que os telespectadores se juntem a você nessa sua aventura fabulosa em busca da fama, deixando que acompanhem sua vida particular?"

Foi quando me dei conta de que todos os meus amigos estavam me olhando, aguardando com nervosismo a minha resposta.

Havia uma chance muito grande de esse programa ACABAR com a minha vida. Suspirei profundamente e mordi o lábio.

"Hum.... TUDO BEM!", respondi conforme olhava diretamente para a câmera e para os telespectadores, fascinados pelo meu sorriso brilhante e pelo meu charme NADA POPULAR.

Mas outra parte de mim — um lado mais obscuro e inseguro — queria gritar a plenos pulmões minha resposta REAL ao MUNDO...

SÁBADO, 8 DE MARÇO

AI, MEU DEUS! Vou ficar LOUCAMENTE OCUPADA nas próximas três semanas. Minha agenda está RIDICULAMENTE RIDÍCULA!! Ou seja, dez vezes pior do que ridícula!

Gravação do programa	segunda a sexta	8h-15h
Aulas de canto	segunda a sexta	17h-18h
Sessões de gravação	segunda a sexta	19h-20h30
Ensaio da banda	a ser determinado	

AINDA não consigo acreditar que vou mesmo gravar minha música E um programa de TV! TUDO ao mesmo tempo! E na segunda-feira, meu primeiro dia de volta às aulas, começo as aulas com meu professor de canto.

Só espero não ficar ocupada demais e não conseguir passar um tempo com o Brandon. Eu me senti meio esquisita ao vê-lo na pizzaria com o Trevor Chase. Foi a primeira vez que nos encontramos desde o baile E... bom, vocês sabem!

Nós dois não conseguíamos parar de corar, e eu tive um grave ataque de risadinhas. Mas eu queria realmente saber como ele se sentiu em relação... hum, à coisa toda.

Então respirei fundo e soltei minha pergunta enquanto comíamos pizza...

Mas, infelizmente, as coisas de repente ficaram SUPEResquisitas...

Eu fiquei constrangida demais para fazer a pergunta ao Brandon com a câmera nos filmando, então simplesmente amarelei.

Eu acho que assuntos muito pessoais, como esse, devem ser discutidos em particular. E NÃO numa pizzaria com o Trevor Chase, seus CINCO melhores amigos E uma equipe de TV.

NA TELEVISÃO!!!!

AI, MEU DEUS! Que coisa mais EMBARAÇOSA!!

Só espero que nenhuma dessas coisas malucas que aconteceram nos últimos tempos mude nossa amizade.

Porque eu acho que posso estar gostando dele ainda MAIS!

Mas olha só...

Antes de partirmos, ele disse que tinha uma coisa muito importante para me perguntar. Mas ele queria esperar até termos um pouco mais de privacidade.

Eu fiquei muito surpresa ao saber DISSO!

E agora a minha curiosidade está me MATANDO.

Não faço a menor ideia do que poderia ser.

A menos que ele queira ME perguntar exatamente o que eu pretendia perguntar a ELE.

^^^^^^
EEEEEÊ!!

Essa coisa de GAROTOS é tão complicada.

E DIVERTIDA!!

☺!!

DOMINGO, 9 DE MARÇO

QUE MARAVILHA ☹!!

Acho que minha mãe está lá embaixo preparando um jantar de domingo especial. Ultimamente, ela tem visto muitos programas de culinária, e agora está obcecada com o lance da cozinha saudável.

Mas o triste é que, para começar, ela nunca cozinhou muito bem.

E passou de MUITO RUIM para HORRÍVEL!

Desculpa, mãe ☹!

Provavelmente a pior coisa em relação às suas novas refeições é o CHEIRO muito forte.

Fizemos pizza em casa há quase uma semana, e eu AINDA não consegui tirar o fedor do meu cabelo.

E já lavei TRÊS vezes.

Fala sério! COMO alguém consegue estragar uma PIZZA?!! Tudo o que você precisa fazer é telefonar para a pizzaria, fazer o pedido, abrir a porta da frente quando escutar a campainha e ENTÃO abrir a embalagem e comer!!

Bom, minha mãe é muito criativa e fez uma pizza de massa de feijão preto com moela de galinha, quiabo e beterraba! E SEM QUEIJO!!

Tipo, QUEM faz uma coisa dessas?!!

Parecia carniça, e o gosto era disso também!! Mas a PIOR parte era que CHEIRAVA a carniça!

Precisamos de, tipo, dezessete daquelas coisinhas de perfumar o ambiente que vemos naqueles comerciais bobos de TV. Você sabe, aqueles em que duas pessoas são vendadas e levadas a um lugar nojento e com cheiro muito ruim.

No entanto, como eles têm aquela coisa que perfuma o ar, as pessoas sempre insistem que sentem cheiro de um jardim florido na primavera com um toque de lavanda...

CASAL INOCENTE, PENSANDO ESTAR EM UM LUGAR LIMPO E COM CHEIRO BOM

Mas, depois que eles tiram a venda, sempre ficam CHOCADOS e SURPRESOS...

CASAL INOCENTE, CHOCADO DEPOIS DE PERCEBER QUE ESTÁ SENTADO EM UM SOFÁ RODEADO POR UM MONTE DE ESTERCO, EM UM CELEIRO CHEIO DE MOSCAS, AO LADO DE DUAS VACAS FEDORENTAS!!

ECA!!! ☹!!

Agora que pensei nisso, talvez eu faça um sanduíche de creme de amendoim e geleia para o jantar.

DESCULPA, MÃE!

☺!!

SEGUNDA-FEIRA, 10 DE MARÇO

Hoje todo mundo estava animado com a volta às aulas, depois da semana do saco cheio.

Alguns alunos passaram o recesso na Flórida. E EU? Na maior parte do tempo eu fiquei em casa e escrevi no meu diário. Ei, eu estava feliz por NÃO TER passado a semana na PRISÃO! Ainda não consigo acreditar que a MacKenzie quase fez com que fôssemos presas!

Acho que o vício dela em gloss FINALMENTE está começando a afetar seu cérebro. E, desde o fiasco no Baile do Amor, a garota tem sido SUPERmá!

Não era culpa MINHA ela ter ido parar naquele lixo fedorento com seu vestido de grife caro. Tá bom, talvez TENHA SIDO minha culpa. De leve.

Mas AINDA ASSIM!! Ela mereceu TOTALMENTE!

Hoje cedo eu estava no meu armário, cuidando das minhas coisas, quando ela sorriu para mim e disse...

Aquela garota ME ODEIA ☹!

Chamar a MacKenzie de malvada é pouco. Ela é uma cobra com brincos de argola, aplique loiro nos cabelos e bronzeamento artificial.

Eu a encarei. "Bom, MacKenzie, VOCÊ é a especialista em vaso sanitário! São só oito da manhã e seu CÉREBRO está TOTALMENTE entupido, enquanto sua BOCA está com um caso grave de DIARREIA! Por favor, DÊ DESCARGA!"

Foi quando ela estreitou os olhos e grudou a cara na minha como uma pizza de dois queijos com pepperoni. "Você não pertence a este lugar, Maxwell! Você é uma FARSINHA patética, e eu vou contar a verdade para o MUNDO todo! Então, é melhor você ficar esperta!"

Então ela gargalhou como uma bruxa e saiu rebolando. Eu simplesmente ODEIO quando a MacKenzie rebola. Mas eu não tinha tempo para me preocupar com uma rainha do drama imatura e egocêntrica. Eu tinha uma reunião muito importante com a minha diretora...

Bom, TODO MUNDO no colégio INTEIRO notou a presença da equipe de filmagem. E, aonde quer que eu fosse, eu era o centro das atenções.

A coisa mais legal foi que todo mundo foi SUPERlegal comigo, inclusive os professores. Provavelmente porque queriam causar uma impressão muito boa na TV.

Obviamente, minhas melhores amigas e eu estávamos inseparáveis, como sempre. Até pedi que elas fossem coadjuvantes no meu programa. Nós rimos, conversamos e brincamos, como fazemos sempre.

Para o almoço, a diretora pediu hambúrgueres e batata frita com queijo da Burguer Maluco e mandou a assistente buscar a comida!

E de sobremesa tinha minicupcakes gourmet de Nova York, da Baked by Melissa! Ai, MEU DEUS! Estavam TÃO deliciosos! Eu comi, tipo, uns dezesseis.

Mas essa é a parte mais maluca! Os alunos estavam tirando fotos minhas nos corredores com seus celulares e me pediam autógrafo durante a aula.

Estou começando a me sentir uma VERDADEIRA celebridade!

A MacKenzie e as GDPs (garotas descoladas e populares) ficaram com TANTA inveja. Elas ficaram me encarando e fofocando. Mas eu nem ligo! Elas só estão bravas porque ELAS não são mais o centro das atenções.

EU SOU ☺!! Dor de cotovelo?!

Minha diretora disse que vamos filmar um total de oito episódios. E cada um vai ser transmitido na TV um ou dois dias depois de filmado. Não é o MÁXIMO?!

Estou AMANDO esse programa de TV!

LEMBRETE:

Não esqueça! Aula HOJE com o professor de canto das 17h às 18h. Mal posso esperar!

☺!!

NIKKI MAXWELL: O SURGIMENTO DE UMA PRINCESA POP! EPISÓDIO I

TERÇA-FEIRA, 11 DE MARÇO

Minha primeira aula de canto ontem foi muito boa! Meu professor disse que sou uma cantora talentosa e que aprendo rápido. ÊÊÊÊÊ!!! ☺!

Enfim, eu estava assistindo ao filme *Karate Kid* ontem à noite e pensei: UAU! Eu queria poder fazer ISSO!

"ISSO" significa CARATÊ! Embora a cena do primeiro BEIJO do mocinho tenha sido uma das minhas preferidas também ☺! Eu ADORARIA ser a carateca corajosa, fabulosa e exuberante que toda garota quer ser e com a qual todo garoto quer ficar. A MacKenzie NUNCA voltaria a se meter comigo. E o Brandon com certeza me pediria em namoro! Ei, ele morreria de medo de NÃO pedir, porque eu poderia dar um golpe nele! Brincadeirinha ☺!

Hoje a equipe de filmagem me seguiu até a aula de educação física. Como se o mundo precisasse me ver apanhando na cara (de novo!) ao jogar queimada.

Bom, como diz o velho ditado, "Cuidado com o que deseja, porque você pode CONSEGUIR!"

Nossa professora fez um grande anúncio a respeito da nossa próxima prática esportiva...

Então ela entregou um quimono de caratê, chamado karategi, ou apenas gi, para cada um. Veio com uma faixa branca, já que somos todos iniciantes.

A Chloe, a Zoey e eu estávamos ansiosas para vestir a roupa. É claro que ficamos LINDAS! Parecíamos garotas com... roupa de caratê de verdade.

A Chloe teve a ideia maluca de que a gente devia se esforçar MUITO na aula para conseguir nossa faixa preta até o fim do mês. Então vamos poder dar início a uma equipe secreta de combate ao crime chamada AS DEFENSORAS NADA POPULARES!

Ela disse que os super-heróis têm uma vida muito romântica, quando os vilões não estão tentando MATÁ-LOS. Depois de ouvir ESSE detalhezinho, eu não fiquei exatamente animada com o estilo de vida de um super-herói.

Ter que lidar com a MacKenzie já é drama suficiente, obrigada. Eu não preciso de outros vilões sabotando a minha vida.

E, por falar em sabotagem, a MacKenzie passou rebolando e começou a SE INSINUAR para a câmera. AI, MEU DEUS! Ela estava RIDÍCULA!!...

Ela estava usando um gi rosa-bebê com babados e cheio de pedrinhas brilhantes! E uma faixa de cabelo com um monograma combinando, plataformas cor-de-rosa e, na cintura, uma faixa de couro branca brilhante.

Era bem óbvio que sua melhor amiga enxerida, a Jessica, que trabalha na secretaria, havia lhe passado informações privilegiadas a respeito da aula de caratê. E olha só! Ela tinha enchido o rosto e as mãos de glitter rosa e por isso brilhava sob as luzes do ginásio enquanto se remexia por lá.

"K-I-A-I!", ela gritou a plenos pulmões!

Eu fiquei tão assustada com sua explosão repentina que fiz xixi na calça. Bom, quase.

"O que vocês estão olhando?", a MacKenzie resmungou. "Vocês acharam de verdade que eu usaria aquela roupa de caratê horrorosa? Além de ser quase três tamanhos maior, o cavalo da calça fica abaixo dos joelhos. Desculpa! Mas vai parecer que todo mundo fez cocô na calça!"

"A MacKenzie é uma DIVA tão mimada!", a Zoey sussurrou, rindo. "Tem gente que precisa equilibrar o YIN e o YANG!"

"Isso está parecendo um DESASTRE. COR-DE-ROSA. CINTILANTE!", a Chloe riu com tanta força que roncou.

"Certo, turma, agora chega! Por favor, se acalmem!", a professora nos repreendeu. "O colégio fez uma parceria com uma escola de caratê da região para acrescentar artes marciais ao nosso programa de condicionamento físico. Então, até o fim do mês, esta aula será dada por um professor de fora, especialista na área. Ele vai se juntar a nós amanhã. Eu espero que a turma toda seja educada, cortês e se comporte muito bem o tempo todo. Entendido?"

A sala toda assentiu. Menos a MacKenzie. Ela estava sentada com os olhos fechados, em profunda e tranquila meditação. Ou tirando um cochilo rápido. Pessoalmente, eu acho que ela só estava se exibindo para a câmera. Essa garota é a RAINHA DO DRAMA!

De qualquer forma, eu acho que vou gostar muito da aula de artes marciais. Minha faixa preta vai ficar muito fofa com minhas botas pretas. Tipo, não pode ser tão difícil assim!

!!

QUARTA-FEIRA, 12 DE MARÇO

Estávamos acabando o aquecimento na aula de educação física quando ouvimos um grito bizarro vindo do corredor. "KIAAAAA!!!!!"

E então um cara velho com uma barriga saliente entrou pela porta! Ele estava usando um gi prateado e fazia todos os golpes de luta fora de moda dos Power Rangers nos quais ele conseguia pensar!

Ele também tem um bigode enorme e cheio, mas o maior fracasso de todos é seu cabelo! Parece ter sido aparado com um cortador de grama enquanto ele estava de olhos vendados.

O QUE ele tinha na cabeça? Aquele corte de cabelo é tão FEIO que devia ser ILEGAL na maioria dos estados!!

Depois de um minuto gritando, chutando e balançando os braços como um lunático, ele estava rouco, sem fôlego e totalmente exausto.

Aquele cara levava a palavra ESQUISITO a um novo patamar! Mas, por algum estranho motivo, eu não conseguia desviar o olhar!

Ele tossiu até recuperar o fôlego. Então secou a testa suada com um pano prateado.

"Ufa!", ele ofegou. "Me deem... um segundo...!"

A turma toda pareceu preocupada e assustada. Mas não era porque o nosso instrutor parecia estar tendo um ataque cardíaco bem diante dos nossos olhos. Sabíamos que seria um mês LOOOOONGO!

"Ha! Não estou cansado! Eu estava só... hum... testando vocês! E vocês são tão INGÊNUOS quanto pensei!", ele falou. "Agora vou me apresentar. Sou Rodney 'Gavião' Hawkins, mestre da Escola de Caratê Chute Alto do Gavião!"

Ele flexionou os braços e mostrou a imagem do gavião na parte de trás do seu gi.

"Como meus alunos, vocês podem me chamar de Sensei Hawkins, Líder Destemido, o Rei do Caratê, ou o Maior Lutador de Artes Marciais de TODOS OS TEMPOS!"

Ai! O ego dele é quase maior que a pança flácida caindo por cima da faixa preta, pensei.

"Isso aqui não é mais um ginásio, pessoal, é meu dojo de caratê!", ele gritou. "O Gavião não tolera fracotes neste dojo! Quero ver golpes no ar agora! Observem! Um-dois, um-dois, um-dois!"

Ele nos fez praticar golpes no ar até nossos braços quase caírem!...

EU, A CHLOE E A ZOEY PRATICANDO NOSSOS GOLPES NO AR

Mas a minha maior preocupação era a equipe de TV dando close nas manchas de suor nas minhas axilas! ECAA!

"Parece que alguns de vocês estão perdendo o ritmo", o Sensei Hawkins gritou enquanto se sentava confortavelmente em uma cadeira dobrável. "O Gavião não tolera preguiça! Entrem no ritmo, caso contrário...!" Ele enfiou a mão na parte de cima do seu gi e tirou um pacote de salgadinho de queijo dali.

"Ele vai mesmo comer salgadinho de queijo durante a aula?!", perguntei para a Chloe e a Zoey.

"Pois é!", a Zoey concordou. "Só não sei como ele se tornou instrutor de condicionamento físico!"

"Sei lá, talvez ele esteja testando a gente de novo", a Chloe disse.

"A única coisa que o Gavião está TESTANDO é o sabor desses salgadinhos!", resmunguei.

Ele deve ter ouvido a gente ou alguma coisa assim, porque se levantou, se aproximou e nos encarou.

"Ei!" Nhac, nhac, nhac! "As três princesinhas patéticas aí! Mais golpes, menos reclamação!", ele gritou, cuspindo pedaços laranja de salgadinho por todos os lados. "O Gavião NÃO está satisfeito!"

NÓS, COM MUITO NOJO DO NOSSO INSTRUTOR MALUCO CUSPINDO SALGADINHO NA NOSSA CARA!

A única coisa pior do que passar uma hora inteira dando os mesmos golpes sem parar é ter que ver um péssimo instrutor de caratê devorar mais e mais comida!

Depois do salgadinho, ele comeu tiras de carne-seca.

Depois da carne-seca, ele devorou três barras de chocolate.

Depois das barras de chocolate, duas bananas.

Depois das bananas, um saco de batatinha frita.

E, depois da batatinha frita, uma dúzia de bolachas recheadas.

E, depois das bolachas, ele comeu...

VOCÊ NÃO VAI ACREDITAR...!!
VOCÊ NÃO VAI ACREDITAR...!!

UM CHEESEBURGER DUPLO COM BACON!!

"Um hambúrguer?", falei sem acreditar. "Esse cara acabou de tirar um HAMBÚRGUER de dentro da roupa! O que ele está escondendo ali, uma geladeira ou alguma coisa do tipo?"

"Vai saber!", a Zoey disse. "Vamos torcer para que ele não tenha uma refeição tamanho gigante ali dentro! Se ele não acabar com a comida logo, nunca vai terminar a aula! Podemos ficar presas aqui até o fim do dia."

"Vocês têm razão, meninas. Isso É maluquice!", a Chloe resmungou, esfregando o braço com cãibra. "Ai! Estou com tanta dor! E de repente desejando um hambúrguer!"

Felizmente, a Zoey (mas, infelizmente, não a Chloe) teve seu desejo atendido! O Sensei Hawkins saboreou o último pedaço do hambúrguer e limpou as mãos na blusa.

"Ei! Parece que a comida acabou... quer dizer... o tempo!", ele gritou. "Vou dizer algo muito sábio do caratê antes de vocês irem embora. Certa vez, um sábio disse: 'A única coisa a se temer é o temor em si. Mas a única coisa que o temor em si teme é... o Gavião!' HIAAAAHHHH!!"

Ele tentou dar um chute, mas não conseguiu levantar a perna o bastante, porque a barriga enorme atrapalhou. Então seu chute mais pareceu um passo.

No fim da aula, a Chloe, a Zoey e eu estávamos física e mentalmente TRAUMATIZADAS.

É ASSIM que é pra ser o caratê?!! Fala sério! Estou TÃO cansada dessa coisa de artes marciais!

Tenho mais chance de me defender com alguns passos de balé que aprendi no outono passado. Só tô dizendo...!! ☹!!

Mas, por outro lado muito mais feliz, eu fui praticamente carregada no almoço hoje pelos alunos do colégio!

O primeiro episódio do meu reality show, *Nikki Maxwell: o surgimento de uma princesa pop!*, foi ao ar ontem à noite, às 19h30, e todo mundo ADOROU.

AI, MEU DEUS! Eu mal consegui comer meu cachorro-quente em paz.

Ei, pode ser que eu precise contratar uma equipe de segurança, como uma estrela de Hollywood de verdade. Eles me protegeriam de todos os meus fãs APAIXONADOS do colégio para eu poder ir à aula todos os dias. Coitada de MIM!!

Enfim, a sessão de gravação foi reagendada para que minha família e eu pudéssemos assistir ao programa juntos. Minha mãe até fez um balde bem grande de pipoca para a gente, como se estivéssemos prestes a ver um sucesso do cinema ou algo assim.

AI, MEU DEUS! Foi TÃO legal ver a mim e as minhas melhores amigas na TV. Tenho que admitir, estávamos hilárias! Eu não conseguia parar de rir! A Chloe, a Zoey e eu trocamos mensagens de texto feito loucas durante a exibição do programa.

Meus pais disseram estar muito orgulhosos de mim. A Brianna e a Bicuda até pediram meu autógrafo.

Mal posso esperar para ver o próximo episódio! Mas estou totalmente decepcionada por saber que terei de gravá-lo para assistir depois, porque estarei no estúdio quando o programa começar.

Ainda bem que o MEU programa não tem todo aquele drama, lágrimas, gritos, punhaladas pelas costas e brigas, como todos os outros. Acho que simplesmente sou SUPERsortuda!! ☺!!

NIKKI MAXWELL:
O SURGIMENTO DE UMA PRINCESA POP!
EPISÓDIO 2

AULA DE CARATÊ MA-LU-CA

QUINTA-FEIRA, 13 DE MARÇO

Eu estava MORRENDO para saber o que o Brandon queria me perguntar. Já tinha passado quase uma semana e ele ainda não havia dito. Até HOJE!

Na aula de biologia, ele me pediu para encontrá-lo na Amigos Peludos depois da aula para conversarmos. Apesar de ter muitas coisas para fazer, eu concordei. Então ele sorriu para mim e corou. E, é claro, eu sorri de volta e corei. Foi TÃO lindo!

Exatamente como no Baile do Amor! Hum... eu já mencionei que uma coisa aconteceu naquela noite no baile?! Não?

AI, MEU DEUS! Foi tudo TÃO romântico. Simplesmente... PERFEITO! Parecia um filme da Disney. Você sabe, quando o príncipe bonitão está prestes a beijar a linda princesa. ÊÊÊÊÊ ☺!!

Enquanto trocávamos olhares sonhadores, um ímã gigante parecia estar nos unindo! Mais perto, mais perto e mais perto. Até que...

116

A MacKenzie simplesmente apareceu do... nada!

Bom, na verdade, NÃO foi bem assim.

Antes de o Brandon e eu sermos interrompidos de modo tão grosseiro, eu senti o cheiro mais nojento e HORROROSO do planeta!!

E não! NÃO era o hálito do Brandon!

Era o cheiro de suco de lixo 100% puro!

"PAREM!! ONDE ESTÁ O MEU PRESENTE?", gritou a MacKenzie, furiosa.

Seu rosto estava suado, seu cabelo ensebado, e o vestido estava coberto de gosma verde-escura!

"Eu vasculhei aquela lixeira por uma hora. E o meu colar NÃO está lá! POR QUE você MENTIU para mim?!! Você acha que tenho cara de IDIOTA?!"

"Bom...", eu disse, olhando para o papel higiênico sujo pendurado no pescoço dela como uma echarpe de plumas e a casca de banana descendo pela testa. "Hum... você tem CERTEZA que quer que eu responda essa pergunta?"

"Cala a boca, Maxwell! OLHA o que você fez comigo!", ela gritou. "ESTE é um vestido de marca idêntico àquele criado para a Taylor Swift. Agora está DESTRUÍDO!"

Eu só revirei os olhos para aquela garota. Por favooor! Que #DramaDeMeninaRica!

Foi quando a MacKenzie perdeu totalmente o controle!!

"Eu te ODEIO, Nikki Maxwell! Eu estou tão brava... que poderia... AAAARRRGGGHHH!!!", ela gritou e cerrou os punhos.

Então, ela botou a cara bem na minha frente. "Você pode ter vencido essa batalha, mas a guerra está LONGE de acabar!"

Aí ela tentou sair rebolando com seus saltos quebrados, mas acabou mancando, tipo, toc, TEC, toc, TEC, toc, TEC!

Ainda bem que ela levou aquele cheiro horroroso com ela.

AI, MEU DEUS! O Brandon e eu estávamos TÃO perto do nosso primeiro beijo!

Se a MacKenzie não tivesse nos interrompido daquele jeito ☹!!

Infelizmente, o clima romântico rapidamente se dissipou. Mas o fedor continuava.

Quando o baile terminou, o Brandon foi comigo até o carro. Ele disse que tinha se divertido muito. Então se despediu.

Mas um dia o nosso primeiro beijo vai acontecer DE VERDADE! Eu sei!
^^^^^
EEEEE!!

☺!!

SEXTA-FEIRA, 14 DE MARÇO

Hoje a equipe de gravação me filmou ensaiando com meu professor de canto no estúdio. No começo, eu estava muito nervosa por cantar na frente da câmera. Mas, depois de um tempo, eu quase não notava mais a presença deles.

Já estou cansada, e na semana que vem as coisas serão ainda MAIS frenéticas.

Tenho aula de canto todos os dias e filmagem de três a quatro vezes por semana. E as sessões de gravação começam na próxima segunda, das 19h às 20h30, e seguem até sexta.

E, como se já não bastasse, o Trevor Chase acabou de pedir para a Chloe, a Zoey e eu fazermos testes com mais backing vocals na segunda e na quarta-feira depois do colégio.

Também vamos fazer uma reunião por videoconferência com ele na próxima semana para falar sobre um coreógrafo para a nossa banda, já que vamos abrir o show dos Bad Boyz.

Mas o mais difícil até agora tem sido tentar fazer os trabalhos do colégio E toda a lição de casa a tempo.

Decidi ir para a cama uma hora mais tarde e levantar uma hora mais cedo para ter tempo de terminar minha tarefa. Que saco! Acabei de lembrar que tenho prova de matemática na semana que vem e ainda nem comecei a estudar.

Acho que isso significa que provavelmente eu deveria ir deitar DUAS horas mais tarde e levantar DUAS horas mais cedo.

Para deixar toda essa loucura ainda pior, eu esqueci totalmente que tinha que encontrar o Brandon hoje depois do colégio na Amigos Peludos!

Para a minha sorte, o estúdio de gravação fica a apenas quatro quarteirões de lá. Então eu saí correndo, como se estivesse em uma maratona ou algo assim.

Quando eu estava me aproximando do prédio, o Brandon estava se preparando para trancar tudo e sair...

EU, CORRENDO PARA ENCONTRAR O BRANDON NA AMIGOS PELUDOS DEPOIS DE TER ESQUECIDO TOTALMENTE O NOSSO ENCONTRO!

Ele pareceu muito aliviado e abriu a porta para mim.

"Desculpa, estou a-atrasada. Você já está sa-saindo?", ofeguei, totalmente sem fôlego.

"Estava quase saindo. Estou aqui há duas horas", ele disse, dando uma olhada no relógio.

OOPS ☹! Eu pedi muitas desculpas e expliquei que, de última hora, meu professor de canto havia reagendado nossa aula para mais cedo, para que a equipe de gravação pudesse filmar, e eu só me dei conta de que havia um conflito de horários depois disso.

Então o Brandon explicou que queria falar comigo sobre um projeto SUPERimportante no qual estava trabalhando. Ele precisava da minha ajuda para entrar em uma competição de bolsa de estudos financiada pelo jornal *Westchester Herald*. Ele falou que precisa do dinheiro da bolsa para ajudar a pagar a mensalidade do nosso colégio. Cara, ESSE problema me parece vagamente familiar ☹!!

Ele tem que enviar seis fotos e uma redação sobre um aluno de destaque da nossa região até sábado, 29 de março. Que, POR ACASO, é a mesma data da nossa festa no Monte Elegante Ski Resort.

Fiquei muito lisonjeada por ele ter ME escolhido!

Então, ele vai me entrevistar a respeito da minha vida e dos meus objetivos para o futuro e vai tirar fotos minhas trabalhando nos meus projetos de música e TV.

É claro que eu disse SIM! Ainda que a minha agenda já esteja bem maluca e que vá ficar ainda pior.

Vamos nos encontrar na biblioteca logo depois da aula na segunda-feira.

Para mostrar a ele como estou comprometida em ajudar nesse seu projeto, olhei bem dentro dos seus olhos castanhos e PROMETI que o ajudaria no que fosse preciso. Disse que ele podia contar comigo totalmente, porque eu NUNCA esqueceria nem me atrasaria DE NOVO!

EI! ELE teria feito a mesma coisa por MIM!

Bom, apesar de eu ter chegado tarde, o Brandon e eu nos divertimos muito juntos. Ele me apresentou a dois novos cachorrinhos brincalhões que tinham chegado um dia antes...

UM CASO TERMINAL DE FOFURA ☺!!

Mas eu tive muita dificuldade para decidir qual era o mais lindinho e fofinho...

Se aqueles cãezinhos ADORÁVEIS...

Ou o BRANDON!!
ÊÊÊÊÊ!!

☺!!

LEMBRETE:

IMPORTANTE! Na segunda-feira, 17 de março, às 15h, encontrar o Brandon na biblioteca para ajudá-lo com seu projeto de bolsa de estudos! E, POR FAVOR, não ESTRAGUE tudo!!

SÁBADO, 15 DE MARÇO

Hoje é o aniversário da minha mãe ☺! Feliz aniversário, mamãe!! EU AMO VOCÊ!

Fiquei surpresa quando a diretora do meu programa me telefonou e pediu permissão para filmar na nossa casa, para captar aquele momento especial da família Maxwell. Eu queria dizer: "Desculpa, mas a minha família é MALUCA! Essa é uma PÉSSIMA ideia! DE JEITO NENHUM!"

Mas a minha mãe ficou SUPERempolgada com a ideia. Ela ficou falando e falando sobre como sempre sonhou em ter um programa de TV de comida saudável para mães ocupadas. E isso foi o mais perto que ela JÁ chegou daquele sonho.

Eu fiquei, tipo, QUE MARAVILHA ☹!! Mas, como a minha mãe ficou toda empolgada e sentimental, eu finalmente cedi e concordei. É claro que, tenho que admitir, ajudou muito:

1. A Brianna estar em uma festa de aniversário e só voltar à tarde. O que significava que não haveria

nenhuma IRMÃZINHA pirralha para me fazer passar vergonha! Uhu!

2. Meu pai estar ocupado com dedetizações até o meio-dia. Ou seja, não haveria PAI nenhum me fazendo passar vergonha. Uhu!

3. Nossa van esfarrapada estar sendo guiada pelo meu pai. Ou seja, não haveria uma BARATA de plástico de um metro e meio para me fazer passar vergonha! Uhu!

Na verdade, essa manhã era PERFEITA para a equipe de gravação ir filmar na minha casa, já que a Brianna, o meu pai e o Max, a barata, NÃO estariam em casa! Meu presente de aniversário para a minha mãe foi o café da manhã na cama! Então, depois de preparar tudo, levei a bandeja até o quarto, gritei "Surpresa!" e cantei "Parabéns pra você".

"Eu te amo, mãe!", falei. "Aproveita o café da manhã na cama com panqueca de morango com creme, no capricho, e dois ovos mexidos, bacon e salsicha, leite e suco de laranja! Exatamente como você gosta!"

"Nikki, querida! Não precisava!", ela exclamou, com os olhos um pouco úmidos.

EU, SURPREENDENDO A MINHA MÃE COM CAFÉ DA MANHÃ NA CAMA!

Mas AI, MEU DEUS! Ela NÃO fazia ideia do trabalho que deu preparar aquele café da manhã.

Demorei uma hora só para aprender a virar as panquecas. E mais uma para raspar sete delas do fogão, do chão, do teto...

EU, TENTANDO SEM SUCESSO VIRAR AS PANQUECAS DE ANIVERSÁRIO DA MINHA MÃE!

Depois de somar o custo da massa e dos outros ingredientes de todas as panquecas desperdiçadas e das duas latas de tinta para pintar o teto e as paredes, eu poderia ter tido menos prejuízo e comprado um lenço caro de uma loja exclusiva do shopping para a minha mãe.

Ei, vivendo e aprendendo!

Mas, o mais importante, eu ajudei minha mãe a ter um aniversário muito feliz.

E a gravação com a equipe foi bem tranquila também.

UHU!

☺!!

NIKKI MAXWELL:
O SURGIMENTO DE UMA PRINCESA POP!
EPISÓDIO 3

VIRANDO TUDO

DOMINGO, 16 DE MARÇO

Passei a maior parte do dia tentando fazer toda a lição de casa atrasada. Não importa quanto eu me esforce, sempre parece que estou ficando cada vez mais para trás.

E agora estou TÃOOOOO cansada! Eu MAL consigo manter os olhos abertos enquanto escrevo isto...

EU, TENTANDO MANTER OS OLHOS ABERTOS, APESAR DE EXAUSTA!

Não sei por quanto tempo mais vou conseguir continuar com esses horários malucos.

E isso está começando a me ESTRESSAR ☹!!!!

Estou TÃO cansada! A ÚNICA coisa que quero é ir para

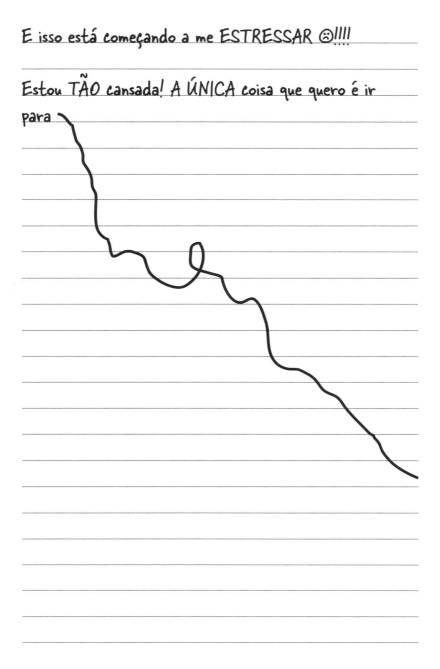

SEGUNDA-FEIRA, 17 DE MARÇO

A Chloe, a Zoey e eu estávamos SUPERanimadas com a escolha dos outros backing vocals hoje depois da aula e com a gravação no estúdio mais tarde.

A gente estava se sentindo verdadeiras juradas celebridades de um show de talentos. Você sabe, ANTES de começarem a chamar subcelebridades malucas para serem juradas.

Mas acho que o diretor Winston não estava tão empolgado quanto a gente.

Perguntei se podíamos realizar os testes no auditório superlindo e de última geração do colégio. Mas ele disse que era reservado apenas para eventos "especiais".

O pior lugar do colégio todo é a sala do sexto ano, que tem cheiro de xixi de gerbo.

Bom.... infelizmente, foi LÁ que ele nos colocou ☹!!

EU, FAZENDO UM BAITA ESFORÇO PARA NÃO SENTIR O CHEIRO DAQUELES GERBOS FEDORENTOS

Os alunos que estavam fazendo os testes ou tinham uma força de vontade enorme ou um olfato bem ruim.

A Chloe, a Zoey e eu até aprendemos a respirar pela boca.

"Então, Tyrone, o que te traz aqui hoje?", perguntei para o cara à nossa frente.

"Quero ser backing vocal. Minha voz é INCRÍVEL, cara!", ele respondeu. "Canto melhor do que qualquer um desses manés de boy bands."

"Que ótimo! Mal podemos esperar para ouvir você", falei. "O que você vai cantar para a gente?"

"Você quer dizer... tipo... agora?" Ele pareceu confuso.

"Sim. Você tem uma música preparada para o teste, não tem?", a Zoey perguntou.

"Não, cara!", ele respondeu. "Eu só canto no chuveiro. É assim que torno isso real. Entende o que eu tô dizendo?"

"Não. Na verdade, não", a Zoey disse, revirando os olhos. "Estamos em estúdio agora, e talvez rolem uns shows no verão. Seria meio difícil para nós carregarmos um... humm... CHUVEIRO para você cantar, Tyrone..."

"Só canto no chuveiro do MEU banheiro, cara, e é tudo! Essa coisa toda que você tá falando é bem... ESQUISITA!"

Observamos espantadas enquanto ele se dirigia até a porta.

"Ei! Se vocês não conseguem seguir em frente, vou cair fora!"

"Bom, isso foi produtivo!", eu disse e soltei um suspiro frustrado. "Quantos testes já vimos até agora?"

"Vamos ver! Se contarmos todas as fichas nas quais você anotou em vermelho 'Você deve estar de brincadeira ☹!!', amassou e jogou no cesto de lixo, eu diria que tivemos vinte e nove testes!"

Então a Zoey olhou para o que deveria ser a pilha de fichas de pessoas que seriam chamadas de novo.

"E, a julgar pelo número de candidatos que serão chamados de novo, me parece que você ODIOU totalmente todos."

ZOEY, CALCULANDO O NÚMERO DE TESTES E DE CANDIDATOS QUE SERIAM CHAMADOS DE NOVO

"Aff!" Bati a cabeça na mesa. "Que porcaria! Agora eu entendo por que o tal Simon Cowell é sempre tão mal-humorado!"

Mas, como dizem em Hollywood, ASSIM É O SHOWBIZ!

Bom, a notícia boa é que a Chloe, a Zoey e eu tivemos nossa primeira sessão de gravação à noite, às 19h. Foi tudo muito bem...

Além de sermos incríveis juntas, a gente se divertiu muito na gravação. E fizemos tudo sem ter um chuveiro no estúdio. Desculpa, Tyrone ☺!!

NIKKI MAXWELL:
O SURGIMENTO DE UMA PRINCESA POP!
EPISÓDIO 4

ROEDORES DE ARRASAR?!

TERÇA-FEIRA, 18 DE MARÇO

Bom, meu dia começou de um jeito bem PODRE ☹! Quando acordei, um pensamento horrível me atingiu como uma bigorna...

AI, MEU DEUS! EU esqueci TOTALMENTE que tinha que encontrar o Brandon na biblioteca ontem depois da aula! Sou a pior amiga de TODOS OS TEMPOS ☹!!

Apesar de ter enviado uma mensagem de desculpas para ele, continuei emocionalmente ARRASADA! Eu me senti tão mal que passei o dia distraída e desnorteada.

E então, na aula de matemática, fiz papel de IDIOTA durante a prova.

Eu realmente preciso tentar dormir mais! É quase como se eu estivesse sofrendo de privação de sono ou alguma coisa assim.

Fiquei acordada até muito TARDE ontem à noite resolvendo problemas de matemática. Então acordei muito CEDO hoje e resolvi mais alguns.

A notícia BOA é que todo esse estudo realmente valeu a pena. Eu compreendi totalmente como resolver aquelas equações difíceis e fui rápida na prova.

Mas a notícia RUIM é que todo aquele estresse com a situação do Brandon, combinado com a falta de sono, finalmente recaiu sobre mim.

Eu estava tão EXAUSTA que mal conseguia manter os olhos abertos.

A pergunta da prova era:

Simplifique a seguinte expressão numérica:
$-2x + 5 + 10x - 9$

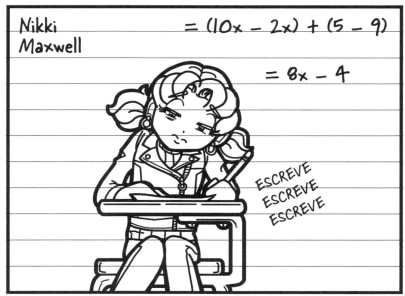

Eu simplesmente capotei no meio da prova!

E eu devo ter babado ou alguma coisa assim enquanto cochilava, porque minha resposta ficou praticamente tatuada no meu rosto.

Eu tinha que ir ao banheiro para limpar isso com água e sabão. Mas ei! Pelo menos era a resposta CERTA! O que significa que tirei dez na prova!

Ainda bem que a equipe de filmagem não estava me acompanhando hoje! Eu teria parecido uma completa IDIOTA!

AI, MEU DEUS! Quando vi o Brandon no corredor antes da aula de biologia, eu me senti PÉSSIMA! Pedi desculpas VÁRIAS VEZES por ter esquecido nosso encontro na biblioteca depois da aula para falarmos sobre o projeto da bolsa de estudos.

Mas olha isso! A MacKenzie estava por ali nos ESPIONANDO. Tipo, QUEM faz uma coisa dessas??!! Ela precisa cuidar da própria vida e das coisas DELA! Não sei por que ela tem uma inveja TÃO DOENTIA da minha amizade com o Brandon!

EU, PEDINDO DESCULPAS PARA O BRANDON
(ENQUANTO A MACKENZIE TENTA OUVIR
NOSSA CONVERSA)

De qualquer forma, eu expliquei para o Brandon que o Trevor Chase tinha pedido para a Chloe, a Zoey e eu realizarmos testes para backing vocals EXATAMENTE no mesmo horário. E só percebi que os compromissos coincidiam DEPOIS.

O Brandon levou tudo numa boa e disse que já tinha começado a escrever a redação a meu respeito.

Ele sugeriu remarcar para quinta-feira, 20 de março. E é claro que eu disse SIM!!

Bom, estou feliz que ele não esteja bravo comigo por tê-lo deixado esperando daquele jeito.

Ele é, tipo, O cara mais legal DE TODOS!

☺!!

QUARTA-FEIRA, 19 DE MARÇO

Infelizmente, os testes de hoje não foram melhores que os de segunda-feira.

Apesar de estarmos procurando cantores, apareceram para o teste um comediante, um tocador de tuba, dois dançarinos de sapateado e um cão falante. Nem me PERGUNTA!!

De repente, meu celular tocou. Eu o peguei e me encolhi quando vi o nome na tela.

"Ai, não! É o Trevor Chase!", gemi. "Ele provavelmente quer saber quantos backing vocals já encontramos nos testes!"

Respirei fundo e cliquei para colocar no viva-voz.

"Oi, sr. Chase! Que surpresa boa receber sua ligação!", eu disse, toda animadinha.

"Você pode falar por um minuto?", ele perguntou. "Não vou demorar muito. Eu sei que você está ocupada."

A sala estava vazia como uma cidade fantasma. Eu meio que esperava ver um rolinho de palha voar! "Claro!", respondi. "Posso parar um minuto."

"Ótimo, tenho boas notícias", o Trevor disse. "Encontrei a coreógrafa perfeita! Ela é jovem, talentosa, moderna e me garantiu que pode deixar todo mundo em forma e dançando muito bem em pouco tempo!"

"Isso é demais!", a Chloe comemorou.

"Parece que ela sabe muito bem o que faz!", a Zoey disse. "Sou totalmente a favor de contratá-la!"

"Eu também", concordei. "Estamos muito animadas para conhecê-la!"

"Perfeito! Porque ela está muito animada para trabalhar com vocês", ele falou.

"AI, MEU DEUS! O que é esse cheiro horroroso?", a MacKenzie gritou ao entrar na sala. "Eles colocaram vocês na sala do xixi dos gerbos?! Que nojo!"

Foi quando ela pegou seu perfume caro...

MACKENZIE, ESPIRRANDO PERFUME DE GRIFE NA GAIOLA DOS GERBOS

De repente, o fedor na sala ficou ainda PIOR!

Graças à MacKenzie, a sala ficou cheirando a xixi de gerbo misturado com rosas recém-colhidas. E com um leve toque de frutas silvestres.

Olhei feio para ela.

"SHHHHH!!!!!", a Chloe balançou a mão para a MacKenzie, como se estivesse afastando uma mosca desagradável.

"O que você está fazendo aqui, MacKenzie?", sussurrei, cobrindo o telefone com a mão.

"Conferindo essa coisinha de testes de vocês", ela respondeu. "Que esquisito... Não estou vendo ninguém na fila! Eu cheguei cedo, ou não tem ninguém interessado em entrar para a sua banda amadora e desafinada?"

Eu sinceramente acho que a MacKenzie tem um localizador no cérebro que permite que ela me encontre quando estou péssima e me deixe dez vezes pior!

"Se o Trevor tivesse escolhido o MEU grupo para o contrato de gravação, a fila para os testes teria um quilômetro!", ela zombou.

"Mas ele NÃO escolheu o seu grupo, certo?", a Zoey rebateu. "Então, chore um rio, construa uma ponte e supere!"

"Na verdade, MacKenzie, estamos muito ocupadas agora", expliquei. "O sr. Chase conseguiu uma coreógrafa para a gente, que provavelmente trabalha com todos os maiores astros pop! Está indo tudo muito bem para nós, obrigada. Então, por favor, cai fora e vá fazer algo mais útil, como engasgar com balas de canela no refeitório!"

Foi quando o celular da MacKenzie tocou. Ainda bem! Agora ela podia tagarelar suas asneiras com algum outro azarado. AI, MEU DEUS! Eu tinha esquecido totalmente que o Trevor Chase ainda esperava ao telefone.

"Desculpa pela interrupção, sr. Chase!", eu me desculpei. "O que você estava dizendo mesmo?"

"Estávamos falando sobre a coreógrafa. Vamos fazer uma reunião por videoconferência", ele falou. "Ela tem muitas ideias para vocês! Espere um minuto, ok? Ela está na linha!" Depois de poucos segundos, escutei alguns cliques.

"Oi, sr. Chase!", a coreógrafa cantarolou.

"Oi! Como vai?", ele respondeu. "Nikki Maxwell está na linha conosco. Nikki, você está aí? Está nos ouvindo bem?"

"Sim... mas estou ouvindo um eco esquisito", respondi.

"É mesmo? Que estranho!", a coreógrafa disse.

"Lá vem o eco de novo!", franzi o cenho. "Não sei se o sinal do meu celular está ruim ou..."

Foi quando percebi que a Chloe e a Zoey pareciam ter visto um fantasma ou alguma coisa assim! Elas me cutucaram e fizeram um gesto com a cabeça para a minha direita.

"Qual é o problema, meninas?", perguntei, totalmente confusa.

Então, finalmente eu VI algo MUITO errado...
A MACKENZIE ☹!!

Ela abriu um enorme sorriso falso, acenou e disse com a voz bem doce...

NÓS, EM CHOQUE COM A NOTÍCIA DE QUE A MACKENZIE É A NOSSA NOVA COREÓGRAFA

Foi quando senti vontade de vomitar.

"Estamos todos de acordo, então. MacKenzie Hollister é a nossa nova coreógrafa", Trevor anunciou, todo feliz. "Uma adolescente fazendo a coreografia de uma banda adolescente. ADOREI!"

Mas eu simplesmente mantive a boca fechada para não explodir de raiva.

"Na verdade, sr. C, somos colegas de classe e vizinhas de armário!", a MacKenzie deu uma risadinha.
"Que coincidência maluca! Isso tudo vai ser TÃO DIVERTIDO!"

Mas a Chloe, a Zoey e eu vimos seus olhinhos brilhantes e seu sorriso malvado.

Com a MacKenzie na nossa equipe, o projeto todo se torna um trem desgovernado prestes a descarrilar!

Mas a parte mais maluca foi ISTO aqui...

A MacKenzie anunciou que, como nossa coreógrafa oficial contratada por Trevor Chase, ela nos daria tarefas de casa que nos deixariam mais fortes e habilidosas na dança.

Minha primeira tarefa foi assistir a uma série de vídeos que ela tinha feito e postado no YouTube chamada *O básico da dança*.

Ela disse que eu ensaiaria alguns dos passos de dança com ela amanhã, depois da aula de canto.

Foi quando perdi totalmente o controle e gritei: "MacKenzie, você está MALUCA? Meus horários já parecem com um emprego em período integral. Se eu ficar ainda mais ocupada, vou ter que parar de estudar!"

Mas eu disse isso dentro da minha cabeça, então só eu mesma escutei.

QUE MARAVILHA! Agora posso acrescentar o item "assistir aos vídeos de dança da MacKenzie" à lista "Coisas idiotas que tenho que fazer hoje à noite".

Será que todos os aspirantes a popstar têm que trabalhar com uma SOCIOPATA maníaca e calculista...?!!!

☹!!

QUINTA-FEIRA, 20 DE MARÇO

Hoje foi um DESASTRE total e absoluto ☹!!

Graças à MacKenzie, fiquei acordada até as 2 horas da manhã vendo seus vídeos de dança IDIOTAS.

Em um deles, ela estava vestida de abelha e ficava dançando pelo palco por trinta minutos fingindo polinizar umas flores de plástico.

O pai dela deve ter contratado alguém para gravar aqueles vídeos. Porque nenhuma plateia de verdade ficaria ali sentada assistindo àquele LIXO! Só tô dizendo!

E durante todo o dia eu me senti tão cansada que mal consegui manter os olhos abertos na aula. Esses meus novos horários são muito mais que exaustivos.

Enfim, quando o último sinal tocou, corri até a biblioteca para esperar pelo Brandon. Cheguei lá alguns minutos antes. Mas eu meio que acidentalmente dormi na mesa de estudos. Bom, foi isso o que a bibliotecária me disse...

BRANDON E EU, ESPERANDO PACIENTEMENTE UM PELO OUTRO NA BIBLIOTECA, PARA QUE EU POSSA AJUDÁ-LO COM O PROJETO

BRANDON, SAINDO DA BIBLIOTECA DEPOIS DE ME ESPERAR POR UMA HORA (ENQUANTO EU COCHILAVA NA MESA)

Foi o que a bibliotecária me disse quando me acordou para falar que eu precisava ir para casa, porque a biblioteca fecharia em cinco minutos.

Não posso acreditar que desapontei o Brandon DE NOVO ☹! O projeto para a bolsa de estudos é SUPERimportante!

Se ele me excluir do Facebook, será TOTALMENTE merecido!

Eu contei que também dormi e perdi a hora da aula de canto? E do meu primeiro ensaio com a MacKenzie? Mas fica AINDA PIOR! Minha sessão de gravação começa em MENOS de trinta minutos.

O que significa que dormi aqui nessa mesa estúpida por quatro horas!

AAAAAAHHHHHHHH!!!

(Essa fui eu gritando frustrada.)

☹!!

NIKKI MAXWELL:
O SURGIMENTO DE UMA PRINCESA POP!
EPISÓDIO 5

QUEM CAPOTA, DANÇA!!

SEXTA-FEIRA, 21 DE MARÇO

Eu ODEIO, ODEIO, ODEIO a aula de artes marciais ☹!! Não sou muito boa nisso. E meu instrutor de caratê é MUITO LOUCO! Ele está sempre se gabando, dizendo que é "o melhor" aqui e "o mais forte" ali. Mas, fala sério, o único golpe que ele sabe dar é na comida!

No ginásio, o Sensei Hawkins nos mandou formar uma fila no estilo militar, com as mãos nas laterais do corpo. Então ele andou de um lado ao outro, gritando com as pessoas.

"Então... vocês, fracotes, voltaram para absorver mais do conhecimento infinito do Gavião", ele zombou. "Sábia decisão. O mundo lá fora é cruel e impiedoso! A filosofia do 'olho do tigre' fará vocês avançarem. Mas a 'garra do Gavião' conquista tudo! É afiada, poderosa e sem unha encravada — é aparada com o cortador de unha da JUSTIÇA! HIIIIIAAAAA!!"

Ele gritou, deu um chute lateral e tentou finalizar com um espacato. Mas só conseguiu chegar na metade do movimento e então parou de repente. Contraiu os lábios e tentou NÃO gritar de DOR...

O GAVIÃO ABRINDO ESPACATO?!

"Pessoal...", ele disse, "o que estou tentando demonstrar aqui é a minha postura Asas Abertas do Gavião! Usei esse movimento para derrotar uma quadrilha de onze ladrões de banco, armado apenas com a minha passagem de ônibus, uma garrafa de suco de ameixa e uma embalagem vazia de Doritos!"

A Chloe, a Zoey e eu nos entreolhamos e reviramos os olhos, totalmente enojadas.

"Talvez um dia o Gavião ensine a vocês esse movimento mortal. SE vocês demonstrarem ser dignos disso!"

Quando ele saiu de sua "postura", suas costas fizeram CREEEC!! Ele fez uma careta e riu de um jeito esquisito.

"Agora se preparem, fracotes! É hora de demonstrar o que aprenderam na última aula. Voluntários?"

Tentei evitar contato visual. Rezei para estar imóvel o suficiente e me misturar com a bola murcha atrás de mim. Ouvi o Sensei Hawkins farejar e caminhar na minha direção.

"O olfato poderoso do Gavião está captando o cheiro de um COVARDE! Bem..... AQUI!", ele rangeu os dentes e apontou para MIM!

"Certo, pequena covarde, dê um belo golpe ou vai desonrar este dojo!", ele gritou bem na minha cara.

O GAVIÃO, GRITANDO COMIGO PARA EU DAR UM GOLPE!!

Aquele cara precisava se afastar! Sou seriamente alérgica a IMBECIS feios e grandes.

O cheiro que vinha dele provavelmente era por causa do sanduíche de fígado e atum que eu sentia em SEU hálito!

Então ele tirou um cupcake cor-de-rosa de dentro da blusa, enfiou na boca e mastigou com raiva. Aquele mastigar impiedoso e barulhento me fez suar litros!

E em seguida veio o arroto mais horroroso e ameaçador que já ouvi! Apesar do cheiro de morango, ele estava falando SÉRIO!

"Comece a golpear!", ele mandou.

Eu estava tão nervosa que acabei esquecendo COMO golpear. Só fiquei olhando para ele sem entender e me esforcei muito para não botar o café da manhã para fora.

"O Gavião lhe deu permissão para OLHAR NOS OLHOS DELE?! NÃO! Apenas GOLPEIE!", ele urrou.

Seu rosto estava muito vermelho. Pensei que ele fosse se transformar no Hulk ou alguma coisa assim! Mas acho que aquela raiva só fazia com que ele quisesse comer mais.

Antes que eu pudesse dizer "bufê liberado", ele já estava segurando um milk-shake de chocolate com chantili e uma cereja em cima. Como ele guarda todas essas coisas?!

Ele deve ser um tipo de MAGO DA COMIDA!

Por fim, lembrei como golpear e fiz uma fraca tentativa de dar um soco.

"NÃO!", ele me repreendeu, com chocolate escorrendo da boca. "Você chama isso de força?! Ruja quando golpear, sua fracote! Assim... HIIIIIAAAAHH!"

"Ah, tá bom! Hum... hi-a!" Dei um soco fraco e sorri com nervosismo.

"NÃO! NÃO! NÃO!", ele gritou e bateu os pés. "QUAL É O SEU PROBLEMA? FAÇA DE NOVO!"

As outras alunas pareciam quase tão assustadas quanto eu.

A Chloe cobriu os olhos. "Isso é demais pra mim! Não consigo olhar!", ela choramingou.

A Zoey roeu as unhas. "Seja forte! Você consegue!", ela sussurrou para mim.

A MacKenzie estava com um sorrisinho no rosto, apreciando cada minuto da minha humilhação pública.

Fechei os olhos, cerrei o punho e disse a mim mesma algumas palavras de incentivo: "Você consegue, Maxwell! Dê um belo golpe ou esse cara vai ACABAR com você! Pense na garra do Gavião... garra do Gavião..."

"Ah, olha só! A covarde está cansada!", ele me interrompeu. "Quem tira um cochilinho na frente do Gavião tem pesadelos! Ouviu bem, fraco..."

"HIIIIAAAAAH!", eu gritei e golpeei o mais forte que pude.

PAAAAFT!!!!!!!!

Ouvi um gemido coletivo no ginásio. Foi quando abri os olhos para ver o que tinha acontecido. O Sensei Hawkins estava caído no chão, coberto de milk-shake de chocolate!!

"AAAAAIIII!", ele gemeu, esfregando o rosto.

"AI, MEU DEUS! SENSEI!", gritei. "ME DESCULPA! Meus olhos estavam fechados quando dei o golpe! Eu não te vi!"

Eu me senti péssima! Claro que eu queria que ele se calasse. Mas não daquele jeito! Tentei ajudá-lo, mas ele insistiu em levantar sozinho.

"Não... tem problema", ele disse com a voz fraca. "Não doeu nada! Ha-ha! AI!" Ele massageou a mandíbula.

Coitado! Acho que deixei um hematoma no rosto dele sem querer. E no seu ego também! O mais triste foi que eu fiz com que ele cuspisse aquele delicioso milk-shake de chocolate que estava tomando. Eu me senti moralmente obrigada a comprar outro para ele.

Mas tive que admitir... FOI um golpe muito bom! Forte e poderoso! Exatamente como o Gavião!

SÓ QUE NÃO!! Só espero que ele dê a essa "fracote" aqui uma boa nota.
☺!!

SÁBADO, 22 DE MARÇO

"Bom dia, querida!", minha mãe cantarolou conforme eu me arrastava até a cozinha.

Eram 7 da manhã e ela estava usando um avental com babados e desenhos de cupcakes e um chapéu de chef. Além disso, estava usando joias e maquiagem. Definitivamente era uma mudança enorme comparada ao look sonolento e despenteado de sempre, com o roupão surrado.

"Bom dia", respondi, olhando para o relógio. A equipe de filmagem chegaria em uma hora.

"Como hoje é dia de gravação, resolvi fazer uma fornada da minha receita secreta: cupcakes orgânicos deliciosos!", ela falou, pegando uma bandeja prateada cheia de cupcakes e me lançando um sorriso gigante. "São o lanchinho energético perfeito para mães e filhos SUPERocupados e têm APENAS trezentas calorias! O tempo de preparo é de vinte e oito minutos."

"Mãe, você está se sentindo bem?", perguntei, estreitando os olhos. Ela estava meio estranha.

"Meu favorito é o de grão-de-bico com cobertura de groselha orgânica", ela disse com a voz de um pomposo chef de programa de TV. "O sabor é de arrepiar! Por que não experimenta um, Nikki?"

EU, COM UM POUCO DE MEDO DE EXPERIMENTAR OS CUPCAKES ORGÂNICOS ESQUISITOS E FEIOSOS

Olhei desconfiada para ele. Grão-de-bico? E o que exatamente é groselha? Por fim, dei de ombros.

"Hum... TÁ BOM", respondi e dei uma mordida enorme.

ECA! CREDO! QUE NOJO!

Era de arrepiar mesmo. Arrepiar por causa de uma enorme dor de barriga depois de sentir aquele gosto asqueroso!

"E então, o que achou?", minha mãe perguntou, ansiosa.

Obriguei meus lábios trêmulos a se transformarem num sorriso e fiz sinal de positivo em vez de dizer a verdade.

Por quê? Tive medo de abrir a boca devido ao alto risco de soltar longos jatos de vômito.

Desculpa, mãe ☹!!

"Eu sabia que você ia adorar!", minha mãe soltou, toda feliz. "Espere até experimentar o cupcake de atum com berinjela e cobertura de mostarda e aveia!"

Só de ouvir esses ingredientes nojentos, senti vontade de vomitar. DE NOVO!

"Chega, mãe! POR FAVOR!", eu sussurrei quando meu estômago revirou como um triturador de lixo.

Antes que ela pudesse me dar o bolinho de meleca roxa coberto com aveia viscosa, meu pai apareceu correndo na cozinha, como se os cabelos dele estivessem pegando fogo ou alguma coisa assim.

Ele estava usando uma fantasia marrom esquisita, com uma longa capa e máscara. E havia enormes antenas de plástico saindo da capa!

AI, MEU DEUS! Meu pai parecia um cruzamento de um super-herói ligeiramente maluco com uma barata gigante meio humana!

Por um momento, pensei que fosse o pai desaparecido de Max, a Barata!

Então meu pai espirrou seu treco anti-inseto em mim e gritou...

"Ei, sou EU! Gostou da minha fantasia nova?", ele deu uma risadinha.

"AI, MEU DEUS! Pai, que cheiro HORRENDO é esse? Um cadáver de leão-marinho?", gritei.

E que IDIOTA imaturo e sem cérebro sairia por aí espirrando esse fedor nas pessoas? Só tô dizendo.

"Eu que te pergunto, Nikki", meu pai falou. "Encontrei uma garrafa disso embaixo da pia da cozinha. VOCÊ disse que era um repelente de insetos caseiro/tempero para salada/purificador de ar chamado MIX SARDINHA DE VERÃO! Lembra do seu projeto do colégio para melhorar a nota?"

Certo! Então era o resto do MEU repelente de fadas, que eu tinha feito em outubro! DEIXA PRA LÁ!

"Essa coisa funciona bem!", meu pai falou. "É totalmente segura. Mata insetos pra valer. E tem um gosto ótimo também!" Ele espirrou um pouco na boca. "E aí, quando o pessoal da TV vai chegar?"

Por fim, não consegui aguentar mais. "Mãe! Pai! Por que vocês estão vestidos assim e agindo como personagens de um programa de TV esquisito dos anos 80?", gritei.

"Querida, você não soube da ótima notícia? Seu programa está indo tão bem que o produtor quer fazer um teste CONOSCO para criar um programa nosso a partir do seu!", minha mãe disse, empolgada.

QUE MARAVILHA! Minha vida já é um show de HORRORES. E agora os meus pais vão se juntar ao elenco?

O QUE MAIS FALTA ACONTECER...?!!

Foi quando a Brianna e a Bicuda entraram dançando na cozinha.

A Brianna estava usando tutu, plumas e saltos, joias e óculos escuros, tudo da minha mãe, e tinha passado muita maquiagem.

AI, MEU DEUS! Ela parecia uma Katy Perry de cinco anos!

Ela tinha colocado para tocar uma música horrorosa, um dos maiores sucessos da Princesa de Pirlimpimpim, e cantava junto, bem desafinada...

"REME, REME, REME SEU BARCO, BABY! VAMOS REMAR NESSE RITMO ANIMADO, BABY!", ela gritava. "DANÇANDO RIO ABAIXOOOOO!"

"Brianna! O QUE você está fazendo? E POR QUE está vestida para um desfile de palhaços?", perguntei, cobrindo os ouvidos para que eles não sangrassem.

A BICUDA E EU ESTAMOS ENSAIANDO PARA O NOSSO PROGRAMA NOVINHO EM FOLHA, CHAMADO O TALENTO DE BRIANNA!!

"Espera um pouco! Você NÃO PODE dar esse nome ao seu programa", protestei. "E se alguém mais talentoso que você aparecer e vencer?"

"EU e a Bicuda somos as juradas. E vamos sempre ME escolher como VENCEDORA! Por isso se chama O talento de BRIANNA! Não O talento de OUTRAS PESSOAS!", ela disse orgulhosamente e então mostrou a língua para mim de maneira bem arrogante.

Quando ela começou a cantar de novo, cobri as orelhas. Mas eu queria cobrir os olhos na hora em que ela começou a fazer a DANÇA DA GALINHA! E não pude acreditar quando minha mãe e meu pai começaram a dançar e a cantar junto.

"AI, MEU DEUS! PAREM COM ISSO! POR FAVOR!!", gritei mais alto que a música. "Vocês TODOS estão me deixando MA-LU-CA!"

Eu agarrei o rádio da Brianna e o desliguei.

"Quando a equipe de TV chegar, eles vão achar que entraram num manicômio!", gritei. "Qual é o PROBLEMA de vocês?!"

Foi quando minha mãe, meu pai, a Brianna e a Bicuda me encararam em silêncio, como se eu tivesse perdido totalmente o controle...

MINHA FAMÍLIA INTEIRA, ME ENCARANDO COM OLHOS PERVERSOS!!

Tá bom! Então talvez eu TENHA exagerado um pouco.

"Nikki, estou muito preocupada com você", minha mãe se afligiu. "Acho que a sua agenda frenética está te estressando. Você não anda normal ultimamente. Quer um cupcake de fígado com cebola e cobertura de picles? Vai ajudá-la a relaxar, querida."

Foi quando fiquei um pouco enjoada.

"Alguém está precisando do seu sono da beleza!", meu pai provocou. "Volte para a cama e durma, meu bem! Avisaremos quando o pessoal da TV chegar."

"É isso aí! Você não é nada engraçada quando está de MAU HUMOR!", a Brianna disse e mostrou a língua para mim. De novo.

QUE MARAVILHA! De repente, tudo era culpa MINHA! Como se EU fosse a MALUCA! Subi a escada até o meu quarto e bati a porta. Já estava de saco cheio desse reality show idiota invadindo a minha privacidade e arruinando a minha vida! Olhei para o meu cofre de porquinho. Eu poderia quebrá-lo e pegar a grana para comprar um bigode falso e uma passagem de ônibus só de ida para algum lugar distante, muito distante. Tipo... hum, a SIBÉRIA!

Foi quando a ideia mais maluca surgiu na minha cabeça! E não! Minha ideia maluca NÃO ERA tentar pegar um ÔNIBUS que cruzasse o oceano até a Sibéria disfarçada com um bigode.

Era um plano DIABÓLICO que:

1. ASSUSTARIA tanto aquela equipe de TV que ela NUNCA, JAMAIS ia querer pisar na nossa casa de novo. E
2. ANIQUILARIA todas aquelas ideias idiotas a respeito dos programas de TV que surgiriam por causa do meu.

Sou um GÊNIO tão DO MAL que às vezes assusto a mim mesma! MUA-HA-HA-HAA!

Preciso ir agora! Vou terminar de escrever sobre isso mais tarde...

☺!!

DOMINGO, 23 DE MARÇO

AI, MEU DEUS! Você nunca vai acreditar no que aconteceu aqui ontem! Foi SURREAL!

Eu tinha menos de quinze minutos para inventar um plano para me livrar da equipe de TV. Rastejei escada abaixo e espiei a Brianna, que estava vendo desenhos na sala de estar.

"Pssssiu!", sussurrei. "Pssssiu! Brianna!"

"Bicuda, você pode, POR FAVOR, parar de me incomodar?", ela disse, revirando os olhos. "Você pode assistir às notícias depois que o desenho terminar!"

"Não! Sou EU!", falei. "Olhe para trás, burra! Quer dizer... querida!"

"Ah! Oi, Nikki! Por que você está sussurrando?", a Brianna perguntou. "Está brincando de alguma coisa? POSSO BRINCAR?!"

"SHHHH!" Cobri a boca da Brianna. "Sim, mas você precisa ficar superquieta. É um jogo secreto, tá bom?"

Ela assentiu.

"Vamos lá pra cima e eu explico", sussurrei. "Não quero que a mamãe e o papai ouçam. Tá bom?"

Ela assentiu de novo, e lentamente tirei a mão da sua boca.

"NIKKI, MAL POSSO ESPERAR PARA SUBIR E BRINCAR DO NOSSO JOGO SECRETO!", ela gritou, empolgada. "PROMETO QUE NÃO VOU CONTAR AO PAPAI E À MAMÃE! E HUM, HUM, HUM, HUM..."

Não tive escolha a não ser tampar de novo a boca da Brianna para que ela se calasse. A última coisa de que eu precisava era que ela estragasse meu plano contando tudo para os nossos pais. Ainda cobrindo a boca da minha irmã, eu a agarrei como se ela fosse uma bola de futebol americano humana e subi a escada correndo, como se estivesse tentando marcar um ponto ou algo assim! Quando chegamos ao quarto, eu a coloquei na minha cama e a repreendi.

"Brianna! A primeira regra do jogo secreto é: NÓS NÃO FALAMOS SOBRE O JOGO SECRETO!"

"Foi mal!", ela soltou uma risadinha. "O açúcar me deixa falante."

"Bom, tenho notícias fabulosas! Tenho um plano para VOCÊ e a Bicuda conseguirem o programa de TV!"

"É MESMO?!!", ela gritou. "ESTOU TÃOOOOO FELIZ!"

Eu mandei a Brianna se calar e continuei. "Os shows de talentos estão tão... fora de moda. Você precisa impressionar a diretora com algo que ela nunca viu antes."

"Certo!", a Brianna disse, animada. "Então, hum... o que exatamente ela nunca viu antes?"

"Bom, você podia vestir aquele pijama fofo de corações vermelhos! E pintar bolinhas vermelhas fofas no rosto. Vamos chamar seu estilo de... hum... alta-costura do palhaço fofinho!"

"O quê?! Pijama e bolinhas vermelhas?!", ela falou, torcendo o nariz. "Humm! Acho isso... INCRÍVEL! Eu amo palhaços! Bom, menos aqueles tristes e assustadores.

Aqueles são aterrorizantes! Não vou ser um palhaço triste e assustador, vou, Nikki?!"

"É claro que não!", garanti. "Tenho uma política rígida quanto a não permitir palhaços tristes, assustadores e aterrorizantes."

A Brianna vestiu o pijama e comecei a fazer as bolinhas...

EU, AJUDANDO A BRIANNA A CONSEGUIR SEU PRÓPRIO PROGRAMA DE TV (MAIS OU MENOS)

"Pronto! Viu só como você ficou fofa?!"

"Ei! Espera um minuto!", a Brianna disse, examinando o rosto no espelho e franzindo o cenho. "Você tá de brincadeira? Como vou conseguir um programa de TV com essa cara?!"

Ai, droga! Ela não estava entrando na onda. A Brianna apontou para o próprio rosto. "Nikki, faltou uma bolinha! Bem aqui, tá vendo?"

"Ah. Desculpa!", respondi com sarcasmo. Acrescentei uma última bolinha vermelha em sua bochecha.

"Pronto! Agora está perfeito!", ela sorriu. "Vou ser uma estrela famosa de reality show. Igual a Honey Boo Boo!"

Soltei um suspiro de alívio.

"Ah! Quase esqueci! Preciso de um nome engraçado também!", a Brianna disse.

Eu tinha o nome PERFEITO para ela!

Sussurrei em seu ouvido e ela não conseguia parar de dar risadinhas.

De repente, a campainha tocou. Nossa! A equipe de TV finalmente tinha chegado.

Rezei para que meu plano desse certo.

"Muito bem, vamos lá! E lembre-se, Brianna, você é uma ESTRELA! Agora, brilhe...!"

Desci correndo a escada e abri a porta.

"Bom dia, pessoal! Entrem!", falei e abri um sorriso bem falso.

Foi quando a minha diretora viu a Brianna. "Oi, querida! Qual é o seu nome?"

"É CATAPORA!", minha irmã gritou. "CATAPORA não é um nome bobo? Eu ganhei estas bolinhas bonitinhas hoje cedo. Não são fofas?"

Foi quando a equipe toda arfou...

Quando minha diretora recuou lentamente para se afastar da Brianna, sem querer tropeçou no câmera. Ele perdeu o equilíbrio, caiu nos degraus e derrubou o cara da iluminação.

"AI, MEU DEUS! É contagioso!", minha diretora gritou. "A gravação está cancelada! Pessoal, voltem todos para a van!"

"Ei, vocês querem me ouvir cantar? Também sei dançar muito bem!", a Brianna falou.

"Hum, tem alguma coisa errada?", perguntei inocentemente.

"Desculpa, mas não podemos filmar aqui hoje. Essa criança obviamente está muito doente! Tchau!"

"Esperem um pouco!", a Brianna gritou, agarrando seu microfone. Ela ligou o rádio e cantou: "REME, REME, REME SEU BARCO, BABY! VAMOS REMAR NESSE RITMO ANIMADO, BABY!"

A equipe toda voltou correndo pela calçada até a van, derrubando o equipamento pelo caminho. A Brianna correu atrás deles, cantando: "DANÇANDO RIO ABAIXOOOOO!"

AI, MEU DEUS! Parecia uma cena tirada de um filme de comédia. Se ao menos eu tivesse uma câmera para gravar aquilo tudo...

Se eu não tivesse intervindo, tenho certeza de que cada um dos membros da minha família teria conseguido um programa, incluindo a Bicuda.

Minha vida tem sido um desastre nessas últimas semanas por causa da minha agenda superlotada. E não vou simplesmente ficar parada e deixar isso acontecer com a minha família também. Certo, eles são meio malucos! Mas são meus! E eu AMO todos eles!

Sinto muito mesmo por decepcionar minha diretora e os telespectadores, MAS...

O que ACONTECE na residência dos Maxwell FICA na residência dos Maxwell!!! ☺!!

Bom, ainda bem que o meu falso Apocalipse de Catapora funcionou como mágica! A equipe de TV não voltará até a minha casa num futuro próximo.

NIKKI MAXWELL:
O SURGIMENTO DE UMA PRINCESA POP!
EPISÓDIO 6

CANCELADO
O APOCALIPSE
DA CATAPORA

SEGUNDA-FEIRA, 24 DE MARÇO

Eu me senti muito mal por não ter dado mais apoio para o Brandon em seu projeto de bolsa de estudos.

Sei como é ficar SUPERpreocupado com a mensalidade da escola. Já passei por isso, sei bem como é!

Só espero que ele não esteja correndo o risco de ser transferido para outro colégio ☹!! Preciso falar com o Brandon hoje para saber quando a gente pode se encontrar de novo para eu ajudá-lo.

Bom, eu fiquei um pouco nervosa antes de dar as caras na aula de artes marciais hoje. Ei! Você também se sentiria meio ESQUISITA se quase tivesse nocauteado seu professor!

E não ajudou nada quando vi a MacKenzie e a Jessica fofocando sobre mim e rindo.

AI, MEU DEUS! Fiz uma CARETA quando vi o Sensei Hawkins. Parecia que alguém tinha coberto o rosto dele com papel higiênico ou algo assim!

Fala sério! O golpe não foi tão forte assim. Os dez rolos de bandagem eram mesmo necessários?! Ou as três bolas de sorvete de diferentes sabores que ele colocou na casquinha?

"Ouçam, seus fracotes! Ser mestre de caratê não envolve só chutes e... GOLPES", o Gavião disse, me encarando. "Tem a ver com um instinto assassino!"

Apesar da fala ameaçadora, eu poderia jurar que ele se encolheu quando eu, de repente, me inclinei para frente e espirrei. Ele quase derrubou o sorvete.

"Vocês precisam ser inteligentes e espertos para vencer o inimigo. Por exemplo, vejam estes curativos!", ele apontou para a cabeça. "Eles são FALSOS! Só estou usando para provar meu ponto de vista. Entenderam? Na vida real, vocês nunca vão ver hematomas no Gavião, porque eles TÊM MEDO de aparecer!"

Ele fez uma combinação de três golpes e gritou: "HIIIIIII-AAAIII!" Então levou a mão à mandíbula e choramingou de dor, como um cachorrinho. Em seguida, ele fez um anúncio muito chocante...

EU, CHOCADA COM O FATO DE TERMOS UMA PROVA SURPRESA NA AULA DE CARATÊ!!

"E não OUSEM pensar que é porque estou com dor ou machucado. Ou porque estou CASTIGANDO a turma por causa da minha, hum... mandíbula fraturada DE MENTIRA. Só quero ver se vocês têm o conhecimento necessário para se tornarem verdadeiros guerreiros das artes marciais."

"O quê? Sem golpes?", um garoto na minha frente resmungou com sarcasmo. "Por que você não luta com a Nikki Punhos hoje? Vai ser divertido!"

"Nem! Ele deve estar com medo que a Maxwell Músculos o nocauteie de novo!", o garoto ao lado dele riu.

Nikki Punhos?! Maxwell Músculos?!

Eu gemi e enterrei o rosto nas mãos.

Ei, pode me chamar de TONTA! Mas NUNCA, EM HIPÓTESE ALGUMA me chame desses nomes. Desse jeito, parece que sou uma BRUTAMONTES sem coração!

"Tudo bem, Nikki", a Chloe disse, dando um tapinha simpático no meu ombro. "Pense pelo lado positivo. Com essa nova fama, você não vai mais ser a primeira pessoa eliminada no jogo de queimada! Todo mundo vai morrer de medo de jogar a bola em você!"

"Humm. Na verdade, isso seria legal...", refleti sobre o assunto.

Espera um pouco, O QUE é que eu estava dizendo?!!!

"NÃO sou esse tipo de pessoa!", resmunguei. "Foi tudo um acidente, gente! Um ACIDENTE!"

"Nada de conversa, seus fracotes! É melhor o Gavião não ouvir nem um pio!", o Sensei disse. "Agora voltem ao trabalho para que eu possa TOMAR este sorvete antes de derreter e se dissipar! Humm, quer dizer.... MEDITAR... para poder me tornar ainda mais incrivelmente poderoso!"

Desde quando uma prova surpresa de artes marciais é mais difícil que uma prova de matemática? Quando dei uma olhada nas perguntas, percebi que tudo o que eu sabia sobre caratê tinha aprendido nos programas da Disney e da Nickelodeon e nos desenhos de sábado de manhã.

E, para o meu azar, estava tudo ERRADO!!...

PROVA SURPRESA DO GAVIÃO   NOME: Nikki Maxwell

Existem muitos estilos diferentes de artes marciais.
Liste pelo menos oito:

ok (Kung fu) ~~panda~~   **ok** (Karate) ~~kid~~ $\frac{4}{16}$ ☹
✗ Ninjago   ✗ Supah ninjas
✗ O último mestre do ar   ✗ Power rangers
✗ Mulan   ✗ Tartarugas ninjas

Qual faixa é a mais inferior e o que ela representa?

Faixa de pedestres — <u>Diminui</u> a chance de os pedestres sofrerem um acidente

Faixa de couro — Pode ser usada <u>abaixo</u> da cintura

Faixa etária — Quanto mais novo você é, mais <u>baixa</u> ela é

Faixa de neve — A neve tem uma temperatura <u>baixa</u>

Relacione as seguintes palavras com sua definição:

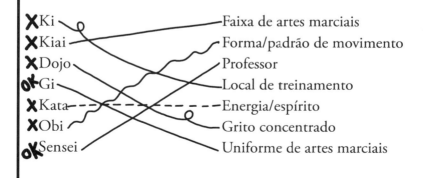

Acho que eu pensei que as perguntas seriam SUPERfáceis, do tipo: "Qual é a sua Tartaruga Ninja favorita?"

Uau! Essa prova foi muito DIFÍCIL!

Se eu quiser passar no caratê e ganhar uma faixa, é melhor começar a estudar para o teste escrito final. É na sexta-feira, o que significa que só tenho ~~cinco~~ quatro dias para me preparar!

Acho que vou acrescentar ISSO à longa lista de Coisas que Estou Ocupada Demais Para Fazer, Então Por Que se Preocupar em Tentar!!

☹!!

TERÇA-FEIRA, 25 DE MARÇO

AAAAAAAHHH!

(Essa sou eu GRITANDO ☹!!)

AI, MEU DEUS! Será que estou me tornando uma amiga TÓXICA?!! Como naqueles dramas adolescentes da TV com música emo? Sabe, aqueles em que a estúpida rainha do drama adolescente, acidentalmente de propósito, acaba com as chances que tinha com o cara dos seus sonhos.

Só para terminar se ODIANDO por isso mais tarde!!!

Aí ela choraminga o dia todo por causa do relacionamento que ELA bombardeou. E sente tanta pena de si mesma que você simplesmente tem vontade de VOMITAR!

Ou de mudar o canal. Ou AS DUAS COISAS!

Estou muito preocupada com a minha amizade com o Brandon.

Preciso falar com ele e pedir desculpas outra vez por ter andado ocupada demais para ajudá-lo no projeto da bolsa de estudos.

Ah! E por tê-lo deixado esperando na semana passada.

E por, humm... ter pegado no sono na biblioteca. Enquanto ele me esperava por, tipo, uma ETERNIDADE!!

ARGH ☹!!! Sou uma amiga muito PÉSSIMA! E o Brandon merece algo melhor do que isso.

Ultimamente, tenho sido incrivelmente IRRESPONSÁVEL. E a culpa está me corroendo por dentro ☹.

Acho de verdade que eu deveria conversar com as minhas melhores amigas, a Chloe e a Zoey. Tenho certeza que elas podem me ajudar com meu problema com o Brandon. Elas sempre me ajudam!

Bom, eu estava esperando por elas quando de repente a MacKenzie se aproximou toda exaltada.

E aí ela começou a gritar comigo...

Eu já estava com o humor péssimo. Então, olhei bem nos olhinhos brilhantes da MacKenzie e dei uma bela resposta!

"Tá bom, MacKenzie! Aqui está minha desculpa... A minha coreógrafa MALUCA teve muito tempo para me informar sobre um ensaio MATUTINO quando me forçou a ensaiar até as dez da NOITE anterior! Mas, em vez disso, ela decidiu me telefonar às seis da manhã, enquanto eu estava tomando banho, e deixar uma mensagem que eu recebi há dez minutos! O que foi quinze minutos DEPOIS de o ensaio TERMINAR!"

"Bom, é melhor você repor essa falta, ou eu vou ligar para o Trevor Chase!", a MacKenzie ameaçou.

"Vá em frente, MacKenzie! Você pode ligar para a FADA DOS DENTES que eu não estou nem aí! Eu mal tenho tempo de respirar. Então, não posso simplesmente largar tudo sempre que VOCÊ tem o capricho de me torturar com um ensaio que não foi marcado. Desculpa, mas eu NÃO vou te dar o prazer de ME fazer ter um colapso nervoso! Sei que você está tentando me fazer desistir para ficar com a minha banda E com o meu programa de TV!"

"Bom, já terminou o seu besteirol fantasioso?! Não é MINHA culpa que a sua vida seja um desastre!", a

MacKenzie desdenhou e estreitou os olhos azul-gelo para mim. Então simplesmente ficou me encarando pelo que pareceu, tipo, uma ETERNIDADE! Dava para ver as engrenagens trabalhando em seu cérebro. Ela estava aprontando alguma coisa!

"Na verdade, Nikki, você tem razão! Você PRECISA de um tempo. Estou te pressionando demais. Então o ensaio de dança está cancelado pelo resto da semana!"

"O-O QUÊ?", soltei. Minha boca ficou aberta, totalmente em choque.

"Eu disse que vou lhe dar a semana de folga! Você conhece a coreografia tão bem que pode fazer dormindo. E, pode acreditar, eu já vi você dançando dormindo! Use o tempo livre para descansar um pouco!"

Antes que eu pudesse dizer mais alguma coisa, a MacKenzie se virou e saiu rebolando pelo corredor. Eu simplesmente odeio quando essa garota rebola! Nada de ensaio de dança? Era bom demais para ser verdade! Eu poderia me desculpar com o Brandon hoje no almoço e me oferecer para ajudá-lo com o projeto. Eu estava começando a achar que a MacKenzie não era tão BRUXA assim, afinal. Quer dizer, ATÉ ela RAPTAR a minha equipe de TV!

Um grande grupo de alunos se reuniu para assistir enquanto ela continuava. "Não posso dizer muita coisa porque é um assunto pessoal. Mas eu sinto MUITA pena dela. Principalmente porque ela está em um complicado triângulo AMOROSO com um membro da banda. Ele está secretamente apaixonado por outra garota, que é BEM diferente da Nikki. E a Nikki está morrendo de ciúmes. Desculpem, isso é tudo que posso revelar neste momento."

Os olhos da diretora se iluminaram. "Agora sim. É ESSE tipo de coisa que temos esperado. Conflito entre membros da banda! Confusão! Coração partido! Intriga! Dê um close nela, Steve! E continue filmando."

O câmera rapidamente deu um zoom no rosto da MacKenzie para um efeito dramático. Ela piscou toda inocente, então pegou seu gloss vermelho Vingança Venenosa e passou, tipo, umas sete vezes.

"Pode desabafar, querida! Você vai se sentir bem melhor! Está claro que você se importa muito com a sua amiga Nikki!", a diretora disse, a incentivando. "Agora, o que você pode no dizer sobre esse outro membro da banda?"

A MacKenzie suspirou profundamente e secou as lágrimas falsas para aumentar o drama.

"Olha, não sou de sair espalhando fofoca por aí, mas ele e a Nikki estão num relacionamento ioiô. AI, MEU DEUS, isso é TÃO disfuncional! Eles só discutem, e a Nikki está de saco cheio. Eu tenho a sensação muito ruim de que ela vai dar um fora nele amanhã. Ou de que ele vai dar um fora nela assim que vir essa sujeira toda na TV! Vai ser TERRÍVEL! Terrivelmente EMOCIONANTE!"

Eu NÃO PODIA acreditar que aquela garota estava MENTINDO para a câmera daquele jeito. Ela não tem VERGONHA?!! AI, MEU DEUS! Precisei me controlar para não arrancar aquele sorrisinho da cara dela!

A MacKenzie encarou a câmera, fingindo estar transtornada. "Estou avisando! Logo o drama vai tomar conta de tudo. Estou preocupada que isso possa estragar a carreira musical da Nikki e ser extremamente humilhante para o BRANDON."

Então ela colocou a mão sobre a boca, simulando estar horrorizada. "OOPS! Eu acabei de revelar o NOME dele?! Eu já falei demais! E, como amiga, sinto que é importante respeitar a privacidade deles. Desculpa!"

"Na verdade, suas observações foram muito sensatas!", a diretora se entusiasmou. "A audiência desse episódio vai alcançar as alturas! Pode acabar me rendendo um Emmy!"

A MacKenzie sorriu, piscou e enrolou os cabelos nos dedos. Era óbvio que ela estava tentando hipnotizar a diretora para fazer uma oferta do mal. Eu SABIA o que ela queria.

"Bom, eu acho que você merece um prêmio! Então, o que você acha de um programa sobre MIM e sobre a minha vida MUITO fabulosa? Sou uma dançarina e designer de moda SUPERtalentosa, e a minha tia Clarissa é dona do..."

Mas a diretora ignorou totalmente o falatório dela. "Certo, pessoal, escutem! Amanhã teremos uma câmera acompanhando a Nikki todos os minutos do dia. Não a percam de vista, entendido? E vamos precisar de uma segunda câmera para seguir o tal Brandon por aí. Alguém arranje uma cópia dos horários de aulas dele!"

De repente eu me senti ENJOADA.

Neste momento, estou escondida na biblioteca, escrevendo tudo no meu diário. Ainda bem que vou sair do colégio para ir ao dentista daqui a quinze minutos. Ainda estou em choque com o fato de a MacKenzie ser capaz de algo tão DESPREZÍVEL!

Não tenho escolha a não ser tentar alertar o Brandon! Antes que seja tarde demais!! ☹!!

QUARTA-FEIRA, 26 DE MARÇO

Eu não sei se UM DIA vou me recuperar do golpe do mal da MacKenzie. O fato de ela pintar o Brandon como um cara sem coração, em um maluco e dramático triângulo amoroso comigo e com ela, foi TERRÍVEL!

Meu plano era evitar a equipe de TV o dia todo, e então escapar deles e encontrar o Brandon em segredo depois do colégio. No entanto, eu AINDA precisava alertá-lo! Mas, com toda a fofoca rolando, havia uma boa chance de ele já ter ouvido dizer que a equipe de TV estava planejando caçá-lo como um animal. Coitado ☹!

Antes de ir para a aula, decidi parar no meu armário e pegar TODOS os meus livros. Eu sabia que o PRIMEIRO lugar onde me procurariam seria ali, então era o ÚLTIMO lugar onde eu queria estar.

Eu me escondi no depósito do zelador até os corredores ficarem totalmente vazios. Aí fui na ponta dos pés até o meu armário. Meu plano estava indo muito bem, até...

Ai, droga!! De repente eu estava cercada! Eu tinha sido CAPTURADA! Como um RATINHO assustado em uma armadilha mortal! Mas, ao contrário do rato, eu infelizmente eu não tinha a opção de roer minha própria perna para escapar ☹! Desculpa, mas eu estava desesperada.

"Oi, Nikki! Você está sendo filmada!", minha diretora disse. "Hoje vamos usar cartazes com frases para ajudá-la a contar sua história. Você só precisa ler todos eles e nos fazer sentir a sua dor. Tudo bem?"

"Vamos usar cartazes com frases?" Dei uma olhada para o cartaz que um assistente estava segurando e o li em voz alta. "'FINALMENTE ESTÁ TUDO TERMINADO ENTRE MIM E O BRANDON...?!' O quê?!"

Certo, aquilo estava fugindo do controle. "Na verdade, isso não é real. Humm, podemos desligar a câmera por um minuto? Não posso dizer isso de jeito nenhum!"

"Bem, você acabou de dizer! E, com um pouco de edição, vai ficar perfeito. Continue com o bom trabalho!", minha diretora disse, animada.

AI, MEU DEUS! Eu estava TÃO irritada! Era meio óbvio que uma argumentação calma não me levaria muito longe com aquelas pessoas. Decidi que seria mais inteligente apenas fingir que estava cooperando. Tinha funcionado no sábado. Meu maior arrependimento foi NÃO ter levado minha tinta vermelha para o colégio. Porque eu poderia ter ATERRORIZADO a equipe de filmagem com o Apocalipse da Catapora parte 2 ☺!

"Então, quando você vai terminar com o tal Brandon?", a diretora perguntou. "Eu estava pensando que podíamos fazer uma tomada e acrescentar uma música emo para ajudar no clima. Esse rompimento vai ser INCRÍVEL! Sem querer ofender..."

"Hum, na verdade, tenho aula agora! Mas podemos nos encontrar aqui no meu armário depois", menti.

"Combinado! Estaremos esperando", a diretora disse e fez sinal de positivo para mim.

Minha mente estava a todo vapor quando fui para a aula. Foi quase impossível me concentrar na matéria, e cada minuto pareceu uma hora. Mas, assim que o sinal tocou, eu disparei até o corredor à procura do Brandon. Eu tinha que avisá-lo. Só esperava que não fosse tarde demais.

Eu desmoronei contra uma parede, sem fôlego, e procurei a equipe de TV. Eles provavelmente AINDA estavam esperando por mim no meu armário.

Espiei dali e vi o Brandon bem quando ele estava se afastando do armário dele. E não pude deixar de notar que ele parecia meio pra baixo...

Senti mais uma pontada de culpa por ser uma amiga tão péssima e imprudente.

"Brandon!", gritei e acenei para chamar sua atenção. "Você tem um minuto?"

Ele se virou, abriu um meio sorriso e deu de ombros. "Oi, Nikki. Tenho prova de matemática na próxima aula. Mas posso conversar um minuto. O que foi?"

"Na verdade, eu te devo um pedido de desculpas por... hum, por tudo! Eu sei que o seu projeto é SUPERimportante e quero ajudar você a tentar a bolsa de estudos..."

"Nikki, os seus horários estão malucos. Então, eu entendo se você não tiver tempo para..."

"Não, Brandon, não tem desculpa para o que eu fiz. Sinto muito mesmo! De verdade. Meus ensaios de dança foram cancelados esta semana, então tenho um tempo. Talvez a gente possa se encontrar na biblioteca para trabalhar no seu projeto depois da aula de hoje, e em seguida a gente podia ir até a Amigos Peludos!"

Ele abriu um grande sorriso para mim e afastou a franja dos olhos. "Legal! Fico muito contente por você querer me ajudar com o meu projeto. Tenho sorte por ter uma amiga como você."

Acho que você tem AZAR! Olhei por sobre seu ombro e vi a equipe de filmagem cruzando o corredor. Eu não queria que eles vissem o Brandon. E definitivamente não queria que o Brandon visse aqueles cartazes malucos! Eu precisava encerrar a conversa e sair logo dali. DEPRESSA!

"Obrigada, Brandon, mas, por favor, tente evitar a equipe de filmagem, porque a MacKenzie disse um monte de mentiras para eles e agora eles estão à sua procura e boa sorte na prova de matemática e a gente se fala mais tarde tchau!"

O Brandon pareceu totalmente confuso. "O que você falou? Espera! E o meu projeto? A gente ainda vai se encontrar na Amigos Peludos depois..."

Deixei o Brandon parado ali. Passei voando pela equipe de filmagem e eles me seguiram, exatamente como eu tinha imaginado. Atravessei o refeitório e entrei no banheiro das meninas perto do ginásio. Eu me lancei em uma das cabines e tranquei a porta, com o coração muito acelerado! Mas não tive como escapar daquela maldita câmera e dos cartazes esquisitos...

A câmera acabava me encontrando em todos os lugares nos quais eu me escondia, até dentro do depósito do zelador...

Por fim, acabei desistindo e deixei a câmera me seguir pelo colégio. O que também significava que AGORA eu teria que ficar longe do Brandon.

Minha situação era meio deprimente, porque, graças à MacKenzie, eu finalmente tinha um tempo na agenda.

Mas, graças também à sua confissão em vídeo, eu não pude ALMOÇAR com o Brandon, CONVERSAR com o Brandon entre as aulas nem SAIR com o Brandon depois da aula.

A MacKenzie tinha conseguido me manipular DE NOVO! E abrir um abismo entre mim e o Brandon.

Obviamente, eu também não ajudei em nada quando simplesmente desapareci e o deixei plantado no corredor, perturbado e confuso.

Depois daquela atitude, o Brandon tinha todos os motivos para me evitar como o diabo foge da cruz. Ei! Eu me sentia TÃO nojenta que queria ME evitar também!

AI, MEU DEUS! Eu estava tão chateada que senti vontade de chorar. Mas também não podia fazer ISSO com aquela câmera idiota bem na minha cara!

Eu mal podia esperar para que o dia no colégio FINALMENTE terminasse!

Assim que cheguei em casa, corri para o meu quarto, me joguei na cama e chorei um rio. Depois fiquei apenas encarando a parede, muito triste. E isso, por algum motivo, sempre faz com que eu me sinta bem melhor.

Em pouco tempo, eu adormeci e tive o pesadelo mais HORROROSO de todos! O mais assustador foi que pareceu MUITO real!

Quando eu finalmente acordei, já era quase meia-
-noite. E, como eu estava me sentindo melhor, comecei a escrever no meu diário. Mas então tive uma sensação muito esquisita de que havia algo no quarto comigo.

Algo MUITO do mal! E, quando olhei para cima, acabei vendo o que era! AI, MEU DEUS! Fiquei tão APAVORADA que senti vontade de gritar, mas NÃO CONSEGUI...

EU, TENDO UM PESADELO HORROROSO COM A EQUIPE DE TV E OS CARTAZES

Por fim, eu acordei de verdade e me dei conta de que tudo não tinha passado de um sonho ruim. Ainda bem!

Mas eu estava um pouco paranoica, então olhei embaixo da cama e dentro do armário à procura de câmeras escondidas, equipes de TV malucas e cartazes idiotas. Acho que hoje vou dormir com as luzes acesas...

☹!!

NIKKI MAXWELL:
O SURGIMENTO DE UMA PRINCESA POP!
EPISÓDIO 7

PODEM ME DAR UM POUCO DE PRIVACIDADE, POR FAVOR...?!!

QUINTA-FEIRA, 27 DE MARÇO

Depois que o meu cartão do Dia de São Valentim foi confiscado na aula de biologia, no mês passado, seria de se pensar que eu aprenderia a lição!

CERTO? ERRADO!!! Não posso acreditar que o meu CELULAR quase foi confiscado!

Eu estava na aula de matemática, MORRENDO DE VONTADE de contar para a Chloe e para a Zoey sobre a coisa toda entre mim e o Brandon.

E, quando a professora instruiu a sala a pegar o livro e a calculadora, eu sabia que seria a oportunidade perfeita de pegar meu celular e enviar uma mensagem de texto para elas.

Ei, o aparelho TEM calculadora! Então por que NÃO? Pensei que, se eu levantasse a mão e desse algumas respostas certas, meu segredinho passaria despercebido.

Eu também estava tomando muito cuidado para seguir as RBPEMNSD, também conhecidas como REGRAS

BÁSICAS PARA ENVIAR MENSAGENS NA SALA DISFARÇADAMENTE!

RBPEMNSD

COMO SER PEGO

1. Envie e leia mensagens de texto abertamente na sala.
2. Olhe para o telefone e dê risada.
3. Vista roupas sem bolsos.
4. Esqueça de colocar seu telefone no silencioso.

COMO <u>NÃO</u> SER PEGO

1. Digite a mensagem sem olhar para o telefone.
2. Dê uma olhadinha no telefone e responda depois.
3. Use blusa de moletom com bolso frontal, ou carregue uma bolsa para esconder seu telefone.
4. Saiba o tempo todo onde sua professora está.

É ESSENCIAL que todo aluno que tenha um celular E envie mensagens durante a aula conheça essas regras. Caso contrário, você correrá o sério risco de ter CCPP, CELULAR CONFISCADO PELA PROFESSORA! De qualquer modo, eu decidi trocar mensagens com a Zoey para atualizá-la sobre a situação com o Brandon. Foi mais ou menos assim:

* * * * *

Nikki: Oi! Preciso de conselho sobre o que fazer em relação ao Brandon.
Zoey: Manda!
Nikki: Acho que ele tá me evitando! Provavelmente por causa do fiasco com a câmera de TV.
Zoey: Vc tá de brincadeira? Aquilo foi tudo culpa da MacKenzie.
Nikki: É, eu sei. Acho que preciso falar com ele de novo.
Zoey: Concordo! Mas o que vc vai dizer?
Nikki: Se $x = -4$, então $24 + 3 - 2x = ?$
Zoey: ?????
Nikki: Desculpa! Tô na aula de matemática e tô usando o celular como calculadora :-p!

* * * * *

"SRTA. MAXWELL! O QUE você está fazendo?!!"

Minha professora estava me encarando.

Quando passei os olhos pela sala, percebi que a classe toda estava me encarando também. Foi HORRÍVEL!

Eu sabia que precisava dizer algo depressa, então falei a primeira coisa que me veio à mente.

"Hum... usando a calculadora?"

"Então por que o aparelho está vibrando?"

Vasculhei o meu cérebro em busca de uma desculpa lógica para explicar por que a calculadora estava vibrando.

"Hum... talvez ela esteja muito nervosa por não saber a resposta do problema!?"

Minha professora franziu a testa e se apressou na minha direção com a mão estendida, para o CCPP (Celular Confiscado pela Professora) surpresa.

Entrei em pânico e paralisei como um veado diante de um carro.

Foi quando me lembrei do item das RBPEMNSD mais importante de todos: O que fazer no caso de um CCPP surpresa.

> ## LIDANDO COM UM CCPP SURPRESA
> Se um professor se aproximar com a mão estendida para um CCPP,
> **NÃO ENTREGUE SEU TELEFONE!**
> Em vez disso, apenas abra a boca, tire o chiclete que estiver mastigando e coloque-o na palma da mão dele, que ficará TÃO ENOJADO que logo vai ESQUECER o motivo pelo qual se aproximou de você.

Infelizmente, eu não tinha chiclete nenhum.

Eu tinha dado o último para a Chloe depois da aula de educação física hoje ☹!

Mas, para a minha sorte, eu SABIA onde ENCONTRAR chiclete em uma sala de aula ☺!

E MUITO chiclete!

Enquanto a professora caminhava na minha direção, procurei embaixo da mesa e peguei o maior chiclete que encontrei.

E SIM! Foi MUITO, MUITO nojento.

Mas...

Eu estava MUITO, MUITO, MUITO desesperada para NÃO perder meu celular!

E foi isso o que aconteceu...

EU, ARRANCANDO UM PEDAÇO NOJENTO DE CHICLETE DE DEBAIXO DA MESA!

E então, com todos os olhos voltados para mim, enfiei esse pedaço de chiclete na boca e comecei a mastigar...

EU, MASCANDO UM PEDAÇO MUITO, MUITO NOJENTO DE CHICLETE QUE ESTAVA EMBAIXO DA MESA!

Minha professora arfou e se deteve na mesma hora! E então fez cara de quem estava prestes a vomitar. Por fim, ela se recompôs e apenas balançou a cabeça, sem conseguir acreditar. Ela caminhou até sua mesa, se jogou na cadeira e passou o resto da aula tentando, em vão, entender POR QUE RAIOS escolheu ser professora.

Eu pude ouvir os comentários de nojo dos meus colegas de sala. Mas não me importei.

Meu telefone AINDA estava comigo ☺!!! UHU!

MORAL dessa história: Se você envia mensagens de texto na sala de aula com frequência, SEMPRE siga as RBPEMNSD. E, o mais importante, NUNCA, NUNCA MESMO seja pego sem CHICLETE! Porque, se isso acontecer, quando a professora chegar para confiscar o SEU celular, você será forçado a:

1. MASCAR um pedaço ENORME, porém muito nojento, de chiclete da carga de emergência convenientemente presa embaixo da sua MESA ☹!!

ou

2. PERDER o seu AMADO celular ☹!!

Ei, a escolha é SUA!

Mas enfim, é difícil acreditar que a nossa festa do CD será daqui a dois dias! Mal posso esperar!

Apesar de estar MUITO animada, ainda me sinto um pouco enjoada sempre que penso na situação toda com o Brandon.

Eu nunca vou me perdoar se por MINHA culpa ele não conseguir cumprir o prazo e perder a bolsa de estudos. Que maravilha ☹!!

Como eu estava me sentindo um pouco deprimida, decidi ir ao estúdio para ensaiar.

Adoro minha música "OS TONTOS COMANDAM!", e cantá-la faz com que eu me sinta melhor em relação à minha nada popular e descontrolada vida. Ainda mais com todo o drama pelo qual tenho passado ultimamente.

Eu estava no estúdio, totalmente distraída com a minha canção, quando um visitante inesperado chegou...

EU, ENSAIANDO NO ESTÚDIO QUANDO UM VISITANTE INESPERADO APARECEU

Era o BRANDON ☺!!

Eu fiquei chocada e surpresa ao VÊ-LO. Ele sorriu e acenou.

Enquanto eu cantava, ele me encarava pelo vidro. Parecia sério, até um pouco triste.

Depois que terminei a música, ele me aplaudiu e fez uma reverência de forma brincalhona.

Foi quando a ideia mais brilhante de repente surgiu na minha cabeça.

"Você chegou na hora EXATA, Brandon!", eu disse enquanto ele entrava na cabine. "Eu meio que terminei aqui. Então vamos ao Burguer Maluco do outro lado da rua trabalhar no seu projeto! Faço QUESTÃO!"

"Na verdade, era sobre isso que eu queria falar com você. Estou meio decepcionado com essa história de bolsa de estudos. Acho que preciso desabafar", o Brandon disse, enfiando as mãos nos bolsos e olhando para o chão.

"Não te culpo por isso. Se eu fosse você, também estaria brava comigo. Mas posso te ajudar agora mesmo se..."

"Nikki, eu NÃO estou bravo. Bom, não com VOCÊ, pelo menos. Precisei pesquisar muito, mas consegui todas as informações da entrevista usando material do seu programa de TV e de matérias antigas de jornal. Eu FINALMENTE consegui terminar o projeto e enviar ao comitê da bolsa de estudos ontem."

"Sério?! Está FEITO?!!!", gritei, surpresa. "Que ótima notícia, Brandon!"

Parecia que uma tonelada de tijolos tinha sido retirada de repente das minhas costas.

"Parabéns! Estou muito feliz por você!", eu me animei.

"Bom, não fique. Infelizmente, eu acabei de receber um e-mail do comitê, há duas horas, dizendo que a minha inscrição foi rejeitada. Parece que alguém já tinha enviado um projeto quase idêntico ao meu!"

"NÃO PODE SER!", arfei, sem acreditar. "Não é possível! Sua redação e suas fotos são sobre uma aluna do WCD trabalhando em um projeto único com o Trevor Chase! Ninguém mais além de MIM está fazendo isso! DEVE ter havido algum erro!"

O Brandon balançou a cabeça, indignado. "Eles me disseram o nome da pessoa. Você tem uma chance para adivinhar!" O nome saiu da minha boca como mau hálito.

"MACKENZIE!!!", eu gemi. "Por que ela iria se candidatar a uma bolsa de estudos? A família dela é cheia da grana! E por que ela roubaria o SEU assunto?"

"Vai saber. Talvez porque eu tenha contado a ela. E agora eu percebo que foi algo bem estúpido."

Eu fiquei sem palavras! E me senti totalmente responsável.

Se o Brandon não tivesse perdido tempo me esperando por aí para ajudá-lo (enquanto eu estava ocupada cochilando na biblioteca ou brigando com a MacKenzie por causa da coreografia), ele provavelmente teria terminado e enviado seu projeto semanas atrás. Eu segurei as lágrimas.

BRANDON, ME CONTANDO A PÉSSIMA NOTÍCIA DE QUE SEU PROJETO DE BOLSA DE ESTUDOS FOI REJEITADO!!

"Não, não é, Nikki! Só porque eu me inscrevi para a bolsa de estudos, não quer dizer que eu conseguiria. Além disso, posso conseguir um emprego temporário no Burguer Maluco ou até na Queijinho Derretido. Sei que não vai dar nem pra começar a pagar o curso, mas qualquer coisa ajuda! Não é?!

ISSO fez eu me sentir ainda PIOR!

"Mas, Brandon, você passa o verão ajudando na Amigos Peludos! Você AMA aquele lugar!"

"Vou precisar encontrar alguns voluntários para me substituir. NÃO é o fim do mundo!"

Escondi o rosto com as mãos e tentei pensar. "Já sei! Você pode começar um projeto NOVO! Hoje à noite! E eu posso ajudar..."

"Nikki, o prazo final é sábado à meia-noite. São só dois dias! Eu nunca conseguiria terminar a tempo. Além disso, tem o evento no Monte Elegante. Depois de todo o seu empenho, eu não perderia isso por nada!"

De repente eu fiquei brava. Não tanto com o Brandon, mas comigo mesma!

"Brandon, não seja imaturo! Essa bolsa de estudos é dez vezes mais importante que passar um tempo com os amigos em um resort de esqui. Além disso, eu não QUERO você na festa de divulgação se for só uma desculpa conveniente para desistir assim! Não preciso desse peso na MINHA consciência!"

O Brandon pareceu chocado e magoado. Imediatamente desejei poder engolir aquelas palavras de volta. Tudo girou AO MEU REDOR nas últimas semanas! Eu tinha me transformado em uma pessoa ARROGANTE, egocêntrica e egoísta! Bem diante dos meus olhos! Mas o Brandon era gentil demais para me dizer isso. Então ele apenas deu de ombros e me encarou. "Não importa, Nikki. Vou pensar nisso, tá bom? Até mais tarde."

Eu me senti simplesmente... PÉSSIMA! "ESPERA! Brandon, a gente..."

Mas isso foi tudo o que eu consegui dizer antes de ele pegar o casaco e passar pela porta. POR QUE eu continuava magoando meu amigo desse jeito ☹?!

Uma onda de desespero tomou conta de mim e meu coração doeu. Suspirei profundamente e coloquei de novo a música "Os tontos comandam!". Mas, em vez de cantar...

Eu chorei na maior parte do tempo. ☹!!

SEXTA-FEIRA, 28 DE MARÇO

Eu ainda estava bem chateada por causa do Brandon. Mas hoje era a última aula de artes marciais, e meu principal objetivo era sobreviver a ela.

O exame final incluía um teste de habilidades e um de conhecimento. Depois de tomar bomba na prova surpresa do Gavião, eu sabia que teria de ralar para conseguir uma nota para ser aprovada.

Então eu tinha estudado antes e depois do colégio e entre as filmagens do reality show, das aulas de canto, dos ensaios da banda, dos ensaios de dança e das gravações no estúdio.

E, só para garantir, assisti a todos os filmes *Karate Kid* (de novo), um atrás do outro, e fiz anotações.

"Hoje, seus fracotes, é o dia do julgamento final!", o Sensei Hawkins anunciou de modo dramático. "Vocês passarão por diversos testes rigorosos e desafios mentais. Se tiverem os requisitos necessários para completar essas tarefas, se tornarão gaviões aptos. Serão capazes de encarar o épico teste da maldição do Gavião?!"

Dei uma olhada ao redor e todo mundo estava suando em bicas. Parecia que eu não era a ÚNICA que tinha ido mal naquela prova idiota.

"Eis a primeira parte do desafio, que testará o conhecimento", o Gavião disse ao entregar a parte escrita do exame. "Vocês têm apenas quinze minutos. Podem começar. SE tiverem CORAGEM!"

Quando li a folha, entrei em pânico e me deu um branco. Não ajudava em nada o fato de a MacKenzie estar me encarando do outro lado da sala.

Por fim, fechei os olhos e respirei fundo três vezes. Eu SABIA aquelas coisas. Só precisava me CONCENTRAR!

Felizmente, terminei o teste bem na hora! O Gavião corrigiu as provas depressa enquanto nos aquecíamos para a parte prática.

Eu não podia acreditar, mas todo o meu esforço nos estudos valeu a pena!

A PROVA FINAL DO GAVIÃO   NOME: Nikki Maxwell

Há muitos estilos diferentes de artes marciais.
Cite pelo menos oito:

1) Kung fu
2) Caratê
3) Jiu-jítsu
4) Judô

5) Aikido
6) Muay thai
7) Tai chi
8) Tae kwon do

100%
10

Escreva pelo menos três tipos de cada um dos golpes a seguir:

Chutes - frontal, lateral e giratório
Bloqueio - superior, inferior e externo
Golpes - palma, soco e cotovelo
Posições - alerta, gato e longa

Qual é a cor de faixa mais inferior e o que essa cor representa?

FAIXA BRANCA – a ausência de cor significa que o aluno é um iniciante, sem conhecimento das artes marciais. Conforme vai progredindo, a cor da faixa vai mudando, de acordo com o conhecimento e o avanço das habilidades. As cores na ordem são: branca, amarela, laranja, verde, azul, roxa, marrom, vermelha e preta.

"Maxwell! Impressionante!", ele me disse e sinalizou com a cabeça em aprovação. E com a boca cheia de macarrão.

A sala toda ficou olhando sem acreditar quando uma almôndega rolou por seu queixo, quicou em sua barriga e caiu no chão com um PLOFT.

A segunda parte da prova foi o desafio físico, totalmente rigoroso. Tivemos que socar e chutar por mais de trinta minutos!

"Eu... NÃO vou sentir saudade nenhuma dessa aula!", a Zoey ofegou.

"A-aguenta firme!", ofeguei de volta. "Vai acabar logo!"

A CHLOE, A ZOEY E EU
COMPLETANDO NOSSO EXAME PRÁTICO
NA AULA DE ARTES MARCIAIS

"ECA!...", a Chloe olhou ao redor procurando o nosso professor. "Acho que não vai acabar logo não, pessoal! Coxa de peru a leste!"

Ela apontou para o Sensei Hawkins sentado na arquibancada com uma coxa de peru gigante na boca.

"Ah, isso é simplesmente incrível!", a Zoey parou de bater e gemeu. "Nikki, geralmente eu não tolero violência. Mas, POR FAVOR, dê outra surra nele! E ponha fim nessa MALUQUICE!"

"SHHHHH! Calma, Zoey!", falei. "Você sabe que eu não posso fazer isso!"

"SENSEI HAWKINS!", a MacKenzie gritou. "Minhas axilas estão ficando suadas e meus cachos estão se desfazendo! Precisamos parar AGORA!"

O professor jogou a coxa de peru para trás e tomou mais um gole do seu refrigerante extragrande.

Então olhou para o relógio.

"Acabou! Por favor, parem. A refeição do Gavião, ou melhor, a intensa AVALIAÇÃO finalmente terminou", ele anunciou. "Por favor, formem uma fila!"

A Chloe, a Zoey e eu estávamos tão exaustas que mal conseguíamos andar. Sabe-se lá como, conseguimos cambalear até a fila.

"PARABÉNS! Todos vocês completaram o segundo desafio! Que tenha início a Cerimônia de Premiação do Gavião!", ele disse com orgulho.

Eu tenho que admitir que os métodos de ensino do Gavião são muito criativos e um pouco esquisitos. Assim como as faixas amarelas que ele nos deu.

São cheias de glitter e lantejoulas, para que, como ele disse, "ceguem seus inimigos de inveja!". Pelo menos ele acertou quanto a CEGAR. Mas não estou reclamando! Estou SUPERorgulhosa da faixa que ele me deu.

Ela tem falsos diamantes brilhantes que formam a palavra "MELHOR LUTADOR".

AI, MEU DEUS! Eu nunca pensei que ganharia um prêmio de artes marciais!

A CHLOE, A ZOEY E EU RECEBENDO NOSSAS FAIXAS AMARELAS!!

"Que a garra esteja com vocês, Pequenos Gaviões! Vocês serão bem-vindos em meu dojo quando quiserem." Então o Gavião fez uma reverência para nós. "Sayonara!"

Depois de passar quase um mês com o maluco, fiquei um pouco triste ao vê-lo partir.

Vou sentir falta do narcisismo, do jeito como ele gritava com a gente e de toda aquela comida, que não acabava nunca e que sabe-se lá como ele mantinha dentro da blusa.

Vai saber. Pode ser que um dia eu vá visitar o dojo dele.

Mas chega dessa conversinha mole sentimental! Gaviões não derramam uma lágrima! Ei, eu sou tão DURONA que faço as minhas LÁGRIMAS chorarem!

HIII-IIAAA!!

Agora só preciso encontrar um balde com dezesseis pedaços de frango frito para devorar!

!!

SÁBADO, 29 DE MARÇO

Hoje finalmente foi o nosso evento no Monte Elegante Ski Resort!

Apesar de eu estar me sentindo mal por saber que talvez o Brandon não fosse, estava ansiosa para conhecer o lugar do qual os alunos do colégio tanto falavam. A MacKenzie e todas as GDPs planejavam fazer a festa de aniversário de dezesseis anos ali.

Como surpresa especial e recompensa pelo meu trabalho árduo, o Trevor Chase reservou uma suíte VIP na qual minha família e eu poderíamos passar a noite!

Ele também havia providenciado para que alguém fosse nos apanhar de limusine! SIM! Iríamos ao Monte Elegante em uma limusine, como VERDADEIRAS celebridades!
ÊÊÊÊÊ!!

Quando chegássemos, tomaríamos um café da manhã especial preparado por um chef bem no nosso quarto!

Depois, passaríamos o dia TODO passeando pelos montes, relaxando no spa e curtindo a piscina. Ia ser FABULICIOSO!

E mais tarde, às 19h, eu encontraria os membros da minha banda no centro de convenções para a nossa festa de divulgação do CD.

Devido à popularidade do programa de TV, estávamos esperando vinte ônibus cheios de fãs de colégios vizinhos, além dos que iriam de carro.

As primeiras mil pessoas conseguiriam comprar uma cópia do CD Os tontos comandam, dez dias antes do lançamento.

Não consegui conter a empolgação quando os portões de ferro se abriram e seguimos por um caminho privado na enorme montanha coberta de neve.

E então, em meio a sempre-vivas, estava a entrada para o Monte Elegante.

"AI, MEU DEUS! Dá uma olhada nesse lugar! DEMAIS!!", eu me animei.

MINHA FAMÍLIA E EU, CHEGANDO DE LIMUSINE AO MONTE ELEGANTE SKI RESORT!!

O Monte Elegante não é um resort de esqui comum. É conhecido pelas instalações luxuosas, restaurantes cinco estrelas, tratamentos de spa de arrasar, clube de primeira classe, centro de convenções e até pela presença de celebridades.

E hoje, além do nosso evento especial, estava acontecendo o Campeonato de Esqui Radical!

É uma competição na qual jovens malucos esquiam declives abaixo, desviando de árvores e arbustos, dando saltos duplos nos penhascos. Não é LEGAL? ☺!!

Então o resort estava cheio de espectadores, turistas e esquiadores.

Enquanto fazíamos o check-in, a recepcionista do resort perguntou se queríamos usar o equipamento e a roupa de esqui deles, porque era tudo GRATUITO para a nossa reserva VIP.

AI, MEU DEUS! Era como estar em uma butique de esqui enorme no shopping ou algo assim. As coisas eram mais que lindas! Eram CHIQUÉRRIMAS!!

Mas meu pai disse não, obrigado! Ele disse que estávamos bem porque ele e a minha mãe tinham FEITO tudo de que precisaríamos.

Certo! Foi quando eu comecei a ficar ~~um pouco~~ MUITO preocupada.

Principalmente porque pessoas "normais" não "fazem" roupas e equipamentos de esqui. Sobretudo se forem convidados VIPs para um lançamento no Monte Elegante.

AI, MEU DEUS! Quando vi nosso equipamento de esqui, eu mal consegui olhar para aquilo. Era MUITO feio! Mas eu não pude olhar principalmente por causa da cor amarelo-fluorescente quase cegante.

Porém a coisa mais esquisita era que todo o equipamento me parecia vagamente familiar. De repente, lembrei onde eu tinha visto aquilo tudo antes.

No verão passado, fui com o meu pai ao Bazar Anual da Prefeitura, onde os vários departamentos vendiam uniformes, equipamentos, produtos e outros itens excedentes e que seriam descartados.

Meu pai pensou que havia tirado a sorte grande quando encontrou macacões amarelo-fluorescentes que brilhavam no escuro, dos quais os lixeiros da cidade estavam tentando se livrar.

E, quando viu a placa grande pendurada acima, que dizia: GRÁTIS! POR FAVOR, PEGUE O QUE PUDER LEVAR!!, ele ficou maluco e agarrou um macacão para cada membro da família.

Também pegou toucas de lã, óculos de dedetização, botas e luvas de proteção usados, que custavam só um dólar cada.

Meu pai tinha começado esse fiasco, mas ficou bem óbvio que a minha mãe tinha finalizado — como um enorme projeto de artesanato.

Ela customizou nossas roupas ~~de gari~~ de neve, acrescentando corações de veludo vermelho nos bolsos, cotovelos e joelhos, e corações com lantejoulas nas pernas e nos braços. Nossas toucas e botas ~~de proteção~~ de neve, as luvas e os óculos também estavam customizados com corações vermelhos.

AI, MEU DEUS! Estávamos totalmente RIDRÚXULOS!

Eu implorei que o meu pai me deixasse vestir a roupa chique do resort, para que eu combinasse com todos os outros esquiadores.

Ele insistiu que usássemos as nossas roupas de esqui, já que a minha mãe havia dedicado tanto amor na customização delas. Mas nós CONSEGUIMOS usar o capacete, as botas e os esquis do resort.

Quando chegamos de teleférico, todo mundo simplesmente parou e NOS ENCAROU, surpresos!

E não porque nossas roupas eram SUPERfeias. O que de fato eram.

As pessoas estavam olhando porque as nossas roupas de neve eram de um AMARELO TÃO FORTE que elas pensaram que fôssemos O NASCER DO SOL! Apesar de ser quase meio-dia.

AI, MEU DEUS! Eu pensei que ia MORRER de VERGONHA pendurada a trezentos metros de altura...

AS PESSOAS OLHANDO PARA A GENTE NO TELEFÉRICO E PENSANDO QUE ÉRAMOS O NASCER DO SOL!!

E a Brianna não fazia IDEIA de nada!

Ela estava sorrindo, acenando e mandando beijos para todos, como se fosse participante do programa *Pequenas misses* ou algo assim.

Mas acho que as coisas poderiam ter sido muito piores! Ainda bem que o meu pai não comprou aquelas roupas compre-uma-ganhe-outra cor de laranja que vinham com números de série, chinelos, algemas e correntes para as pernas, do presídio da região.

Em vez de garis, pareceríamos uma família de FUGITIVOS DA PRISÃO!

Enfim, como a Brianna e eu nunca tínhamos esquiado, minha mãe sugeriu que nós duas começássemos no monte do Coelho, para iniciantes.

Eu estava muito empolgada para finalmente aprender a esquiar. E a Brianna estava muito empolgada para encontrar o COELHO (não pergunte)! Mas foi muito chato estar em uma turma com crianças de três a seis anos.

A Brianna também devia estar envergonhada, porque fingiu não me conhecer e ficou me chamando de "Ei, você!"...

EU, TROMBANDO SEM QUERER EM OUTRA CRIANÇA

Mas eu não pude evitar! Sempre que os meus esquis entortavam, eu perdia o controle.

Depois de cerca de uma hora, eu estava começando a entender as coisas. E finamente consegui descer o monte do Coelho sem cair.

E sem derrubar as criancinhas. **Uhu!**

Foi quando vi uma roupa bem linda de esquiar, com uma faixa de cabelo combinando.

Não eram aquelas coisas comuns que encontramos em qualquer loja. Era uma roupa de marca e de alta performance que veríamos na capa de uma revista de esqui profissional.

Enquanto eu tentava observar mais de perto, a pessoa lentamente se virou e me encarou com os olhos azuis e brilhantes!

AI, MEU DEUS! Era a **MACKENZIE** ☹!

Fiquei tão chocada ao VÊ-LA ali que quase vomitei meu café da manhã bem nas suas botas de marca.

Estaria ela no Monte Elegante para participar do nosso evento?! Ainda mais depois de ter...

1. feito aquela cena por eu ter perdido um ensaio de dança na semana passada;

2. ameaçado me dedurar para o Trevor Chase;

E

3. espalhado todas aquelas mentiras maliciosas a meu respeito diante das câmeras!!

A MacKenzie ficou me encarando com aquele sorrisinho condescendente e me olhou da cabeça aos pés.

"AI, MEU DEUS, Nikki! Então era a SUA família com aquelas roupas de esqui horrivelmente cafonas! Vocês pareciam os garis da cidade. O caminhão de lixo do resort passa às segundas-feiras, não hoje", a MacKenzie riu como uma bruxa.

Como aquela garota ousava insultar a minha família bem na minha CARA daquele jeito?!!!

Tá bom! Então talvez a MacKenzie estivesse certa.

Nós ESTÁVAMOS vestidos como os garis da cidade.

Mas AINDA ASSIM!

Nossas escolhas de roupas não eram nada da conta dela.

Desculpa, mas eu estava TÃO cansada daquela atitude NOJENTA!

Naquele momento, eu quis GRITAR a plenos pulmões... para que... o Abominável Homem das Neves... viesse depressa do topo da montanha e... pegasse a MacKenzie pelos... lindos cabelos e... a arrastasse... para que ela fosse... humm, sua PEGADORA DE COCÔ PESSOAL... pelo resto da sua vidinha RIDÍCULA!

Mas não tive essa sorte ☹!

"Muito engraçado, MacKenzie! Mas NÃO somos garis. E, caso você tenha esquecido, a Chloe, a Zoey, a

Violet, o Marcus, o Theo e eu teremos uma festa de lançamento que será transmitida pela TV hoje à noite", eu disse, rangendo os dentes.

De repente, ela me encarou com um olhar inquisidor e sorriu.

"Ah, jura? Bom, espero que você não se importe de responder uma pergunta pessoal, mas..."

Eu sabia que ela faria uma cena sobre o Brandon NÃO estar ali para incentivar a mim e a banda em um evento tão importante.

Não era porque ele não se IMPORTAVA!

Eu tinha insistido para que ele NÃO viesse.

Sua bolsa de estudos era muito mais importante do que o fato de ele ser o baterista da nossa banda.

Ela olhou para mim e então fez uma pergunta muito enxerida, que não era da sua conta...

A MACKENZIE, ME PERGUNTANDO
SOBRE O MONTE DO COELHO

"Quem, EU?! É claro que NÃO! Só estou aqui... hum... ensinando a minha irmãzinha a esquiar. Na verdade!"

"Ah, é mesmo?", ela disse, arregalando os olhos para mim, como se eu estivesse mentindo para ela ou alguma coisa assim.

"Pois é! Eu tenho esquiado na... hum.... Queda do Homem Morto há anos!"

"Queda do Homem....? Espera um pouco! Não é o nome da pista no qual a minha irmãzinha e suas amigas esquiaram?"

"Claro que NÃO! É um lugar totalmente diferente. Estou falando sobre o resort de luxo da Queda do Homem Morto! É o parque de diversões dos ricos e famosos. É ainda mais ELEGANTE do que o Monte Elegante", eu menti. "Faz com que ESTE lugar pareça um lixo! Na verdade."

"Ah, tá bom, Nikki! Pode falar a verdade! Eu sei por que você está aqui nas pistas hoje!"

"Você S-SABE?!", gaguejei, tentando imaginar como ela tinha descoberto que o Trevor havia pagado para que a minha família ficasse no Monte Elegante. O Holiday Inn já seria muita ostentação para nós!

Não poderíamos pagar por um lugar desses nem em um milhão de anos!

"Se você esquia, então obviamente está aqui para o Campeonato de Esqui Radical. Principalmente porque o BRANDON está cobrindo o evento para o jornal do colégio. Fala logo, eu NÃO sou idiota!"

"Tá bom! Sim. Eu ESTOU aqui para aquela coisa do esqui. Na verdade", menti de novo. "E o Brandon vai mesmo cobrir? É. Eu também sabia DISSO!"

"Bom, preciso ir. NÃO sou espectadora como você. Na verdade, estou competindo. Então, me deseje sorte! Sua fracassada!", a MacKenzie gargalhou ao se afastar rebolando.

Foi quando decidi deixar o monte do Coelho e largar a Brianna com os meus pais. Era mais importante para mim tentar conversar com o Brandon e ajeitar as coisas. Isto é, SE ele aparecesse.

Quando peguei o teleférico para o topo do pico Paranoico, a competição estava começando na categoria da nossa faixa etária. Eu previa que a MacKenzie fosse boa, e ela era...

A MACKENZIE, DESCENDO A PISTA E DANDO UM MORTAL DUPLO DE TIRAR O FÔLEGO!!

Eu detestava admitir, mas a MacKenzie era mais do que boa. Ela era INCRÍVEL! Todos os espectadores torceram por ela, e ela sorriu e acenou.

Não fiquei surpresa por ela ter tirado a nota mais alta para nossa faixa etária: 8,7 de 10.

Quando a MacKenzie voltou para pegar suas coisas, eu a parabenizei de modo caloroso. Mas ela me ignorou totalmente e cumprimentou todas as suas amigas GDPs. E sim! Eu me senti uma tola excluída ☹!

Foi quando de repente vi um cara bonitinho com uma jaqueta azul tirando fotos dos esquiadores na base da pista.

AI, MEU DEUS! ERA O BRANDON!

Aparentemente, ele tinha decidido ir ao Monte Elegante no fim das contas. Ao contrário do que eu havia aconselhado.

Gritei o nome dele e acenei, mas ele não me ouviu. Então eu me aproximei com muito cuidado da beirada da rampa de esqui e chamei de novo. "BRAAAANDON!!"

Finalmente, ele me ouviu. Um sorriso brilhou em seu rosto e ele acenou e gritou: "OI, NIKKI! SORRIA!"

BRANDON E EU, OLHANDO UM PARA O OUTRO E ACENANDO

Então, de repente, alguém me EMPURROU!!

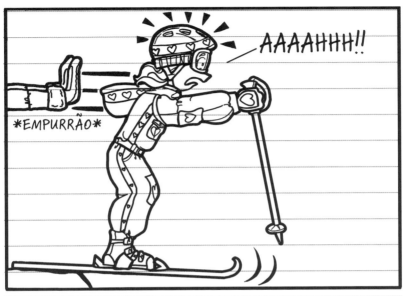

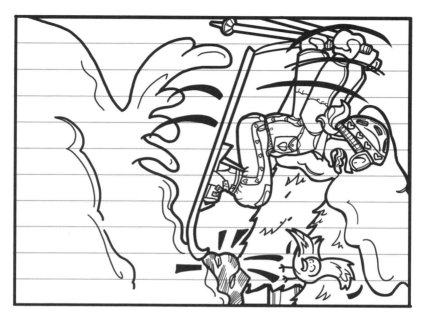
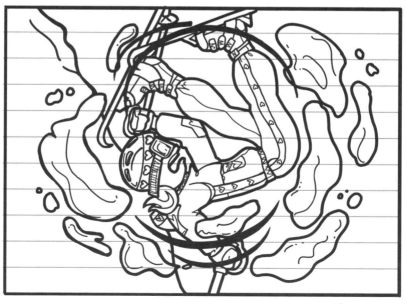

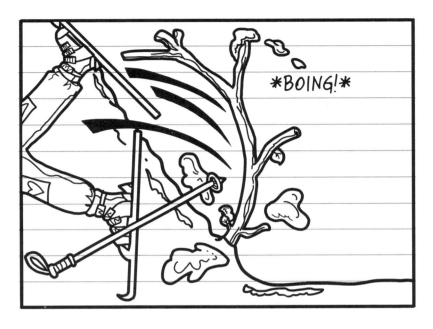
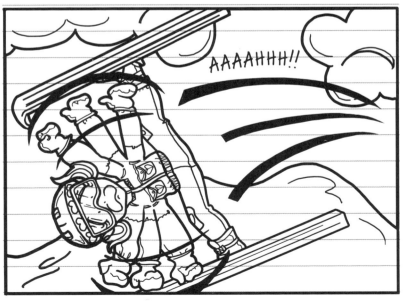

AI, MEU DEUS! Na descida da pista, eu...

1. bati numa pedra;

2. dei três cambalhotas;

3. bati numa árvore;

4. dei um mortal duplo;

5. fiz duas rotações no ar;

6. perdi meus bastões de esqui, e então

7. AAAAAAAHHHH!!!

Como esquiadora, eu era RADICALMENTE... TERRÍVEL ☹! Mas, para a minha sorte, era uma competição de esqui radical.

Na verdade, eu era uma iniciante SUPERdesajeitada, que mal conseguia descer o monte do Coelho. Mas os jurados acharam que eu era SUPERaudaciosa.

E essa é a parte MA-LU-CA!!

EU ATERRISSEI DE CABEÇA EM UM
MONTE DE NEVE, TIREI UM BELO 10
E FIQUEI EM PRIMEIRO LUGAR!

ÊÊÊÊÊ ☺!! A MacKenzie ficou em segundo, e NÃO estava nada feliz. Desculpa, MacKenzie! Mas é isso o que você ganha por me empurrar da rampa de esqui!

O BRANDON TIROU UM MONTE DE FOTOS!

Incluindo uma minha com a minha família posando com o meu novo troféu. Eu tenho que admitir, nós ficamos SUPERdescolados com os nossos looks de esqui caseiros...

AI, MEU DEUS! As pessoas estavam loucas para saber onde compramos nossos equipamentos e roupas de esqui "de marca"!

Mas era NOSSO segredinho ☺!!

Depois de toda a animação, o Brandon e eu decidimos ficar dentro do resort. Encontramos um espaço SUPERaconchegante para conversar e tomar canecas de chocolate quente com chantili e marshmallows. DELÍCIA!!

Embora eu estivesse feliz por vê-lo, ainda me sentia muito mal por causa da briga que tivemos no estúdio de gravação. E, no fundo, eu não conseguia me livrar da sensação de que tinha sido minha culpa ele não ter conseguido a bolsa de estudos.

Era bem óbvio. Depois que o Brandon decidiu escrever sobre mim, a MacKenzie, num acesso de ciúme, resolveu se vingar roubando o assunto e competindo com ele. Então ela manipulou meus horários para que fosse quase impossível o Brandon e eu conseguirmos entregar o projeto dele a tempo. Eu detestava admitir, mas a garota era um baita GÊNIO DO MAL!

De repente notei que o Brandon estava muito quieto e parecia totalmente perdido em pensamentos, como eu. Só ficamos ali sentados, olhando um para o outro. Muito ESTRANHO!

Por fim, pigarreei. "Então, humm, o que você decidiu sobre o projeto da bolsa de estudos?"

"Fiquei acordado quase a noite toda tentando ter outra ideia, mas não adiantou. Levei praticamente três semanas para terminar a primeira proposta. Então não tem como fazer uma nova em um ou dois dias", ele explicou com tristeza.

"Mas e as mensalidades do colégio?", perguntei, tentando engolir o grande nó na minha garganta.

"E-eu não sei", o Brandon gaguejou. "Na verdade, estou pensando em ir para outro colégio. Mas ainda podemos ser amigos e sair. Certo?"

Eu senti como se tivesse acabado de levar um soco no estômago.

O BRANDON IA SAIR DO WCD??!! ☹!!

"NÃÃÃÃOOOO!!!!!", gritei dentro da minha cabeça enquanto segurava as lágrimas.

"Você vai pedir TRANSFERÊNCIA?", perguntei chocada.

Ele olhou para o chão, suspirou e assentiu. "Eu não quero, mas não tenho escolha. Depois que desisti do projeto da bolsa, pensei que talvez eu devesse vir ao Monte Elegante e participar da festa de lançamento do CD com os meus amigos. Além disso, eu tinha me oferecido para cobrir o Campeonato de Esqui Radical para o jornal do colégio, já que estaria aqui."

Sua expressão triste melhorou um pouco enquanto ele olhava as fotos em sua câmera digital. "Uau! Dá só uma olhada nestas fotos. Eu não sabia que você esquiava! E por que você não me contou que ia competir hoje? Fiquei muito surpreso."

"É, eu também fiquei MUITO surpresa. Você não faz ideia! A coisa toda foi totalmente não planejada."

Então ele me mostrou todas as fotos que havia tirado durante o Campeonato de Esqui Radical.

Eu disse a ele que as fotos estavam INCRÍVEIS e que ele era um fotógrafo SUPERtalentoso. Então ele me disse que eu era uma esquiadora INCRÍVEL. Foi quando me dei conta de que, com o MEU esqui e a fotografia DELE, formávamos uma equipe ANIMAL!

Uma onda de tristeza tomou conta de mim. AI, MEU DEUS! Eu sentiria TANTA falta do Brandon se ele mudasse de colégio ☹!!

"Então, Brandon, hum... pelo menos você vai terminar o ano no WCD, certo?", perguntei, temendo a resposta.

"Não sei. Vai ter uma grande reunião com o diretor Winston na próxima quinta-feira", ele respondeu com seriedade.

Então a gente só ficou sentado ali, se encarando, sem esperança. Era como se já estivéssemos com saudade um do outro. Acho que nós dois estávamos tentando não chorar. Provavelmente. Foi quando, de repente, eu tive a ideia mais brilhante de todas. Eu comecei a rir bem alto, como uma doida.

O Brandon ficou totalmente confuso. "Qual é a graça?"

Ele pegou o iPad do jornal do colégio e poucos minutos depois já havia enviado o projeto novo por e-mail. Então afastou a franja dos olhos e abriu um sorrisão para mim. Eu fiquei muito corada (apesar de ter a sensação ASSUSTADORA de que alguém estava nos observando).

NÓS, SENTADOS DIANTE DA LAREIRA, SORRINDO, CORANDO E PAQUERANDO UM AO OUTRO POR, TIPO, UMA ETERNIDADE!!

Quando nos demos conta, a festa de lançamento começaria em menos de uma hora. Então eu disse ao Brandon que o encontraria mais tarde e corri para a minha suíte para me aprontar.

Fiquei ainda mais empolgada com o evento agora que o Brandon participaria ☺!

Por mais que eu gostasse da fama de ter minha própria equipe de filmagem me seguindo e das sessões de gravação com alguns dos melhores produtores da indústria da música, eu estava muito ansiosa para voltar a ser a velha EU!

Esta noite, eu filmaria o último episódio do meu reality show. E, para ser sincera, eu estava SUPERaliviada por saber que isso finalmente acabaria. Eu tinha vivido alguns momentos divertidos e empolgantes. Mas, na maior parte do tempo, tinha sido estressante, intenso e exaustivo.

Eu nem me lembro da última vez em que fui para a cama antes da meia-noite ou dormi até depois das seis da manhã.

Sim, esse último mês da minha vida tem sido SUPERglamouroso. Mas tive pouco ou nenhum tempo para as aulas, as lições de casa, a minha família e as minhas melhores amigas, para o Brandon e, mais importante de tudo, para MIM mesma!

Peguei o elevador na nossa suíte VIP e desci para o centro de convenções. Na entrada principal, pude ver que já estava tudo montado. À direita, várias equipes estavam se apressando para montar os equipamentos das emissoras de televisão e rádio que cobririam o evento ao vivo.

O pessoal da Kidz Rockin estava em um palco grande à esquerda, correndo para fazer provas de roupas.

O ambiente estava tomado pelo aroma delicioso que vinha de uma dúzia de barracas de comida que vendiam de tudo, de algodão-doce a cachorro-quente e batata frita. No centro do espaço, havia uma área reservada com cordas de veludo.

Uma enorme faixa pendia do teto com a foto e o nome da nossa banda.

AI, MEU DEUS! Aquilo parecia ser pelo menos do tamanho de meio quarteirão. Eu engoli em seco e imediatamente me senti emocionada...

EU, ADMIRANDO A FAIXA ENORME COM A NOSSA FOTO PENDURADA NO TETO!

Encontrei uma cadeira com meu nome posicionada à longa mesa onde daríamos autógrafos e receberíamos os fãs.

Uma série de caixas de som de três metros de altura estava montada na área e tocava nossa música durante o evento.

Uma coisa era certa: o Trevor Chase e sua equipe não tinham medido esforços para garantir que o evento fosse um sucesso estrondoso.

Eu só esperava que todos gostassem da nossa música. E DA GENTE, aliás.

Quando a Chloe, a Zoey e a Violet finalmente chegaram, vieram com o pescoço dobrado, olhando para cima, para o banner enorme, assim como eu tinha feito.

Nós nos demos um abraço coletivo e rimos empolgadas.

Logo em seguida, os meninos chegaram com dois seguranças do hotel, cada um deles empurrando um carrinho cheio de caixas com o nosso CD.

Enquanto os seguranças empilhavam as caixas embaixo das mesas, nós conversamos e tentamos acalmar os nervos.

Eu não podia acreditar que as pessoas já estavam começando a formar fila fora das cordas de veludo para nos ver.

Nós nos sentamos e assistimos surpresos conforme a fila ficava cada vez mais comprida.

Em pouco tempo, cerca de uma dúzia de seguranças estava a postos para ajudar a controlar a multidão.

Nossa diretora se apressou a passos largos. "Vocês acreditam no tamanho dessa multidão? Estão todos aqui para ver vocês! Acho que vamos vender tudo! A transmissão ao vivo vai começar em dez minutos! Então, vamos abrir essas caixas de CD e nos preparar para arrebentar!"

Cada um de nós pegou uma caixa, abriu e apenas ficou olhando lá para dentro, em choque.

Não havia nada dentro delas além de papel e material de embalagem!

Parecia que eu tinha levado um soco no estômago! Só consegui piscar sem acreditar e torcer para que meus olhos estivessem me pregando uma peça.

"O que aconteceu com os nossos CDs?", a Chloe gritou.

"AI, MEU DEUS! Nikki, o que vamos fazer?", a Zoey lamentou.

"Obviamente, aconteceu algum mal-entendido", o Brandon comentou, balançando a cabeça.

Dei uma olhada para a multidão barulhenta e impaciente, que agora era formada por cerca de mil pessoas. E elas estavam gritando nosso nome. Que MARAVILHA ☹!!

O Trevor Chase nos demitiria e depois nos processaria por todo o dinheiro que tinha perdido. Nossa festa estava totalmente arruinada!

A diretora se aproximou correndo de nós de novo. "Entraremos ao vivo em três minutos!", ela exclamou, animada. "Ocupem seus lugares, por favor!"

Eu quase esqueci a pior parte. Estávamos prestes a ser publicamente humilhados AO VIVO na TV ☹.

A MacKenzie provavelmente estava observando alegremente o trem descarrilar, do meio da plateia, com um saco grande de pipoca.

Naquele momento, senti vontade de correr para o banheiro mais próximo, me trancar numa cabine e NUNCA mais sair.

O Brandon olhou para a multidão que aumentava e mordeu nervosamente o lábio. "Então, humm, o que vamos fazer? Vocês têm alguma ideia?", ele perguntou, tamborilando os dedos na mesa.

"Eu estava pensando em simplesmente cancelar tudo. Mas acho que é meio tarde demais!!"

"É, mais ou menos!", ele sorriu desanimado. "Mas tenho certeza que vocês vão pensar em alguma coisa. Vocês sempre pensam!"

"Bom, nada disso vai importar quando essa multidão enfurecida acabar com a gente, assim que dissermos que não há CDs para comprar e que eles podem ir para casa!", murmurei.

"A Kidz Rockin precisa muito desse dinheiro, e eu os decepcionei. Eu me sinto tão... FRACASSADA!", eu disse, segurando as lágrimas.

"Nikki, a culpa não foi sua! Sabe-se lá como, as caixas acabaram se misturando, ou alguma coisa assim!"

"É, a MacKenzie ataca de novo! Ela acabou com o nosso primeiro beijo, e agora com a nossa festa de divulgação!", eu esbravejei.

AI, MEU DEUS! Eu acabei de dizer isso em voz alta?

Sim, acho que SIM.

Eu me encolhi e olhei para o chão, envergonhada.

O Brandon pareceu um pouco surpreso e deu sorrisinho. "Por que você está pensando NISSO em um momento como este?!", ele perguntou.

É claro que eu corei e revirei os olhos. E ele corou e me deu um sorriso caloroso. Pelo jeito como estávamos nos paquerando, ninguém acreditaria que o caos estava prestes a acontecer a qualquer minuto!

"Sessenta segundos para entrarmos no ar!", nossa diretora anunciou. "Nikki, você vai falar com os fãs logo depois que a banda for anunciada, exatamente como combinamos. O microfone na sua frente será ligado em breve. Boa sorte! Posicionem-se, por favor."

A Chloe, a Zoey e eu demos um abraço coletivo.

Meninas, desculpa por ter estragado tudo. Eu sou a maior responsável. Eu devia ter olhado as caixas antes de sairmos do estúdio.

Foi quando a Zoey apertou a minha mão e disse: "Uma vida passada cometendo erros não só é mais honrada, mas também mais útil que uma vida passada sem fazer nada. George Bernard Shaw".

"Bom, independentemente do que acontecer, estamos com você, amiga! A menos, é claro, que a multidão se enfureça e decida nos queimar. Nesse caso, vou fazer vocês comerem poeira!", a Chloe brincou e sacudiu as mãos.

Enquanto estávamos sendo apresentados pelo prefeito, eu me distraí totalmente e não escutei uma única palavra do que ele dizia. Eu estava ocupada tentando decidir o que diria para as mais de mil pessoas que tinham aparecido para apoiar a nossa banda e a Kidz Rockin!

Bom, uma coisa era certa: podíamos dar um BEIJO de despedida na nossa carreira musical!

AI! Usei a palavra de cinco letras de novo!

Foi quando tive a ideia mais maluca de todas!

Não tínhamos CDs para vender para caridade. Mas talvez tivéssemos outra coisa. E, se os nossos fãs realmente gostassem da gente, talvez estivessem dispostos a pagar por ISSO.

Anotei minha ideia depressa num papel e passei o bilhete para a Chloe e a Zoey!

Ideia maluca! Vamos fazer uma BANCA DO BEIJO!

As duas pareceram envergonhadas no começo. Mas, depois de discutirem juntas, elas concordaram.

Então passaram o bilhete a todas as outras pessoas.

A Violet abriu um grande sorriso para mim e fez sinal de positivo.

O Theo e o Marcus coraram muito e assentiram.

E o Brandon riu e balançou a cabeça.

Então ele fez um movimento circular com o dedo na lateral da cabeça, indicando que eu era MA-LU-CA!

Ei, pessoal!

Momentos de desespero pedem atitudes desesperadas!

Naquele instante, o prefeito estava acabando seu discurso de saudação.

"É com muito orgulho que apresento a futura pop star e estrela de TV Nikki Maxwell, com a sua banda, hum... Na Verdade, Ainda Não Sei!"

A multidão enlouqueceu! Todo mundo bateu palmas e gritou de animação por uns dois minutos.

Acho que eles GOSTAVAM da gente de verdade!

Quando eles finalmente se acalmaram, comecei a agradecer a todo mundo por ter ido a nossa festa de divulgação do CD e por ajudar a Kidz Rockin...

Então, respirei fundo e continuei. "Mas, antes de começarmos a receber os fãs, tenho um anúncio especial a fazer. A gente tinha planejado vender nosso CD e doar o dinheiro à Kidz Rockin! Mas em breve vocês poderão comprar o CD em todas as lojas. Esta é a nossa cidade, e achamos que vocês merecem algo ainda mais animado e especial! O que vocês acham, pessoal?"

A multidão foi à loucura outra vez.

"Então, para ajudar a arrecadar fundos para a Kidz Rockin, hoje vamos aceitar doações em troca de ABRAÇOS e BEIJOS do membro da banda favorito de cada um. O que acham?!"

A multidão adorou a ideia! Eles ficaram mais animados do que nunca. Então, pelas três horas seguintes, nós recebemos nossos fãs, demos autógrafos e posamos para fotos.

E SIM! Vendemos abraços por três dólares e beijos (no rosto) por cinco, do membro da banda preferido de cada pessoa.

Tudo por uma ótima causa — a instituição de caridade Kidz Rockin. E AI, MEU DEUS! Foi um SUCESSO!

Muitos fãs voltaram para uma segunda rodada! E até para uma terceira!

No fim da noite, tínhamos conseguido mais de oito mil dólares para crianças MUITO merecedoras...

MINHA BANDA, POSANDO COM AS CRIANÇAS FOFAS DA KIDZ ROCKIN!!

Eu fiquei TÃO FELIZ ☺!

ÊÊÊÊÊ!

Mas, mais do que qualquer coisa, eu fiquei muito orgulhosa dos meus amigos, Chloe, Zoey, Violet, Theo, Marcus e Brandon, por aceitarem fazer isso depois de os nossos CDs desaparecerem.

Quando estávamos terminando, percebi que o Brandon ficou me olhando fixamente. Então, ele saiu de sua cadeira e entrou na fila!

Na MINHA fila! Eu revirei os olhos para ele. Esse cara estava de BRINCADEIRA!

"Prazer em te conhecer. VOCÊ quer o meu autógrafo? E que tal uma foto também?", provoquei.

"Na verdade, eu gostaria de fazer uma doação à Kidz Rockin", ele disse e me deu cinco dólares.

No começo, eu só meio que fiquei olhando para ele, confusa. E então de repente tudo fez muito sentido.

Eu me dei conta de que o Brandon estava pagando cinco dólares porque queria comprar um BEIJO!! MEU?!!!!!

Eu fiquei, tipo, AI, MEU DEUS! AI, MEU DEUS! AI, MEU DEUS!

Ele estava falando SÉRIO?!

Pensei que ia fazer XIXI nas CALÇAS bem ali.

Ele ficou ali parado, segurando a nota de cinco dólares, esperando que eu a pegasse. Então, eu finalmente peguei o dinheiro.

E você NUNCA vai acreditar no que aconteceu em seguida...!!

AI, MEU DEUS! Não posso acreditar que já é quase uma da manhã! Estou escrevendo aqui há MUITO TEMPO! Desculpa, mas estou MUITO cansada, mal consigo manter os olhos abertos. Vou terminar de escrever sobre isso depois. Talvez...!!

Eu sei! Eu sou MUITO TONTA! BOA NOITE!
☺!!

DOMINGO, 30 DE MARÇO

Certo. Agora é o DEPOIS...

NIKKI MAXWELL:
O SURGIMENTO DE UMA PRINCESA POP!
EPISÓDIO 8

MEU PRIMEIRO BEIJO!

SEGUNDA-FEIRA, 31 DE MARÇO

A MacKenzie ainda está louca da vida comigo porque eu ganhei dela na competição de esqui no sábado.

E olha só! Ela me ignorou totalmente no meu armário hoje cedo, quando tentei lhe dar os parabéns por ter ficado em segundo lugar.

Ei, eu só estava tentando ser simpática e mostrar espírito esportivo.

SÓ QUE NÃO! ☺!

Na verdade, eu estava tentando ESFREGAR NA CARA DELA que eu a DERROTEI na competição do Monte Elegante Ski Resort!

Mas enfim, preciso conjugar verbos em francês aqui na sala de aula.

Mas COMO é que eu vou conseguir me concentrar em algo tão mundano e chato quanto conjugar verbos em francês se o Brandon me beijou?!

AI, MEU DEUS! O BRANDON ME BEIJOU!!

Sim!! Ele. ME. BEIJOU!
EEEEEEEEÊ!

Ele é tão fofo por fazer uma coisa dessas por caridade ☺!!

Espera um pouco! Ah, DROGA!! NÃÃÃÃOOO!!!

SE foi por caridade, então talvez ele não tenha tido a intenção de me dar um beijo DE VERDADE?! ☹!!
Só um beijo para, tipo, ajudar crianças carentes?!

O que é BOM para elas. Mas RUIM para MIM!! Porque significa que somos apenas bons amigos ajudando a tornar o mundo um lugar melhor. O que é fantástico! E horrível ao mesmo tempo!

QUE MARAVILHA!! ☹!

Agora estou MUITO confusa!!

QUE TIPO de beijo foi aquele?!

Um beijo de somos-apenas-amigos?

Um beijo de vamos-salvar-o-mundo?

Ou um beijo de você-é-minha--namorada?

Eu poderia simplesmente perguntar. Mas então ele pensaria que eu estou dando muita importância ao assunto.

E ESTOU! Mas não quero que ELE saiba disso!

DESCULPA!

Não consigo evitar.

Eu sou MUITO TONTA!!

☺!!

Rachel Renée Russell é uma advogada que prefere escrever livros infantojuvenis a documentos legais (principalmente porque livros são muito mais divertidos, e pijama e pantufas não são permitidos no tribunal).

Ela criou duas filhas e sobreviveu para contar a experiência. Sua lista de hobbies inclui o cultivo de flores roxas e algumas atividades completamente inúteis (como fazer um micro-ondas com palitos de sorvete, cola e glitter). Rachel vive no estado da Virgínia, nos Estados Unidos, com um cachorro da raça yorkie que a assusta diariamente ao subir no rack do computador e jogar bichos de pelúcia nela enquanto ela escreve. E, sim, a Rachel se considera muito tonta.

DICA Nº 1:
DESCUBRA A IDENTIDADE DO SEU DIÁRIO.

AI, MEU DEUS, meu pior pesadelo se tornou realidade... PERDI MEU DIÁRIO!!
E se a MacKenzie o encontrar antes de mim??
A Chloe e a Zoey estão me ajudando a procurar, por isso vou ajudar VOCÊ compartilhando todas as minhas dicas sobre como escrever um diário nada popular!

A Nikki pergunta e VOCÊ responde!

16 de JULHO: Se você fosse parar em uma ilha deserta por dois dias, quais seriam três coisas que você levaria (além de comida e água)?

RESPOSTA:
_____
_____
_____

Rachel Renée Russell

DIÁRIO de uma garota nada popular

Série best-seller do New York Times

Você já leu **TODOS** os diários da Nikki?

A DICA MAIS IMPORTANTE DA NIKKI MAXWELL:
Sempre deixe seu lado **NADA POPULAR** brilhar!